KB178806

한 권으로 읽는

삼국지

常一諾 저 / 유혜순 역

지성문화사

● 목차

프롤로그

삼국지의 원칙학

1. 『삼국지』와 『삼국지연의』는 어떻게 다른가? ··························10
2. 『삼국지』는 왜 삼국의 기술에 차등을 두었는가? ···················12
3. 『삼국지』의 저자 진수의 파란 만장한 생애 ·······················14
4. 베일에 가려진 인물 『삼국지연의』의 저자 나관중 ···············16
5. 도표로 본 후한～삼국의 흥망과 영웅들의 성쇠 ··················18
6. 제갈공명의 두 가지 호칭은 어디에서 파생되었는가 ··············20
7. 관우는 어떻게 하여 '신'이 되었는가 ·······························22
8. 환관이 권력을 지니게 된 이유 ·····································24
9. 환관의 몸은 어떻게 되어 있는가 ··································26
10. 고대 중국의 모든 제도와 주된 도량형 ····························29

제1장 혼탁과 환란의 삼국 전야

도원 결의 —— 유비·관우·장비 세 의형제의 맹세 ··················34
11. 도원 결의는 꾸며낸 것인가 ·······································34
12. 세 사람의 알려지지 않은 만남의 전설 ···························37
13. 유비에게서 보여지는 큰 인물의 풍모 ·····························40
14. 자식을 120명이나 두었던 유비의 선조 ·····························43
15. 관우의 태어난 고향과 출신의 비밀 ·······························46
16. 황건적의 난이란 무엇인가 ···48

동탁의 환란 —— 약탈 전쟁의 기운이 낙양에 퍼지다 ·················52

17. 후한 왕조의 파국을 몰고 온 환관과 외척의 대립 ·············52

18. 환관의 몰살과 동탁의 등장 ·······························56

19. 폭군 동탁의 의외의 업적과 그 인물됨 ·····················58

20. 수도 낙양을 불바다로 만든 동탁의 횡포·····················60

21. 동탁 살해에 성공한 "연환의 계"의 허와 실 ·················63

관도의 싸움 —— 작은 것이 큰 것을 제압한 싸움의 전형 ·········66

22. 황하를 사이에 두고 맞서는 원소·조조 두 영웅 ·············66

23. 조조의 기동력과 뛰어난 통찰력 ·························69

24. 관도의 공방전에 잇달아 투입된 조조군의 신병기 ·············72

25. 허유의 배반으로 승리의 여신은 조조군에 ·················74

26. 관도의 싸움에서 조조가 승리한 이유 ·····················77

삼고 초려(三顧草廬) —— 유비와 제갈공명의 운명적인 만남·········80

27. 비육지탄의 유래와 유비의 본심 ·························80

28. 유표에게 몸을 위탁한 유비의 약점은 무엇인가 ·············83

29. "삼고 초려"와 "천하 삼분지계"의 의미 ·····················85

30. 유비를 만나기까지 공명은 무엇을 했는가 ·················88

31. 각기 삼국으로 흩어진 제갈 삼 형제의 운명 ·················90

32. 못생긴 외모지만 기지가 넘친 공명의 처 ·····················92

제2장 적벽대전(赤壁大戰)과 삼국의 정립

적벽대전 —— 허허실실 술책의 전모 ·························96

33. 적벽대전의 원인이 된 「형주」란 어떤 곳인가 ·············96

34. 양양을 탈출한 유비의 결단 ·····························99

35. 10만여 난민은 왜 유비에게 붙어 있었는가 ·················101
36. 장판파에서 유비의 처자식을 구한 조운의 인망 ············103
37. 공명의 탁월한 외교적인 수완과 설득력 ···················106
38. 3대를 가도 기울지 않았던 일가와 손권의 재능 ···········109
39. 적벽대전에서 조조가 패한 진상의 전모 ··················112
40. 다섯 개나 되는 「적벽」은 어디가 진짜인가 ··············114
41. "공명, 적의 화살을 빌리다"의 진정한 주역은? ············117
42. "고육지책"의 본래의 의미와 그 효과 ····················119
43. 패주하는 조조를 놓아 준 "관우의 은혜 갚기" ············122

삼국의 정립 —— 중원 재패를 꿈꾸는 영웅과 권모 술수 ·········125
44. 형주를 둘러싼 삼파전 ·································125
45. 손부인의 엉덩이에 눌린 유비의 희비극 ·················128
46. 차려 놓은 밥상조차 먹지 않은 조운의 선견지명 ··········131
47. 전성기에 병사한 명장 주유의 무상함 ···················133
48. "봉추 선생" 방통의 탁월한 능력 ·······················136
49. 교착 상태에서의 서로 다른 세 사람 ····················140

유비, 촉에 입성하다 —— 성도 탈환에 타오르는 유비의 야망 ····143
50. 익주, 촉이란 어떠한 곳인가 ·························143
51. 「오두미도」의 창시자 장로 ···························146
52. 유비를 익주에 초대한 관원들의 진의 ···················149
53. 장송의 음모 발각과 방통의 최후 ·····················152
54. 성도를 탈취한 유비의 전후 처리 ·····················155
55. 한의 고조 "법삼장"과 공명의 점령지 정책 ···············158

제 3 장 중원 패권의 야망과 음모

한중 쟁탈전 —— 중원에서 사슴을 쫓는 세 사람의 인간 면모 ·················162
56. 조조를 감동시킨 장로의 탈출 뒷처리 ·····························162
57. 용을 얻고도 촉을 바란다는 고사의 유래 ·······················165
58. 조조의 한중 지배와 위왕 등극의 정치적 배경 ·················167
59. 유비, 손권의 형주 분쟁을 타결하게 된 이유 ···················169
60. 조조 유비의 대결 —— 조조가 내뱉은 "계륵"의 뜻 ·············172
61. 한중왕의 지위에 오른 유비의 독자 노선 ·······················174

번성의 전투 —— 관우의 패배와 죽음 ···························176
62. 『삼국지』의 호걸 관우의 허와 실 ·······························176
63. 관우의 위세가 중원을 위협하다 ································179
64. 관우가 속은 "겸하의 계책"이란 무엇인가 ·····················182
65. 관우의 자만심을 이용한 손권의 전술 ·························185
66. 관우의 「동총」과 「수총」은 왜 따로인가 ·······················188
67. 떠도는 관우의 혼령 ··191

조조의 죽음 —— "치정의 능신 난세의 간웅" ···················194
68. 후세에 남기는 조조의 유언 ····································194
69. 조조는 왜 「악인」 취급을 받았는가 ····························197
70. 조조가 내놓은 여러 가지 이색적인 포고령 ···················200
71. 조조가 황제의 지위에 오르지 않았던 이유는 ·················203
72. 문인 조조는 어떤 시를 지었는가 ·······························206
73. 조조가 행한 「일가 몰살 사건」의 수수께끼 ···················209
74. 조조의 승계를 둘러싼 골육 상쟁과 「칠보시」 ···············212

이릉의 싸움 ── 유비의 죽음과 그 인물상 ·················214

75. 삼협 백제성 이릉이란 어떤 곳인가 ·················214
76. 유비는 왜 吳를 향해 출전했는가 ·················217
77. "예기를 길러 지친 적을 맞다"로 유비군을 파한 육손 ·················220
78. 유비의 무모한 출전을 공명은 왜 반대하지 않았는가 ·················223
79. 유비가 공명에게 위촉한 "백제성에 외로움을 부탁하다" ·················225
80. 유비는 어째서 인망이 두터웠을까 ·················227

제4장 삼국 시대의 종말

공명의 북벌 ── 공명과 중달, 숙명의 대결 ·················230

81. 난관·진령 산맥을 넘는 북벌의 길 ·················230
82. 싸움 전, 중달이 미연에 방지한 공명의 계략 ·················232
83. "출사표"의 내용과 공명의 생각 ·················235
84. "읍참마속"의 유래와 그 공죄 ·················237
85. 공명의 "공성계"에 춤춘 중달의 오산 ·················240
86. 공명이 유선에게 올린 「나중 출사표」의 진위 ·················242
87. 제3차 북벌과 유선을 두 번이나 도와준 조운의 죽음 ·················244
88. 숙명의 라이벌, 공명과 중달의 첫 대결 ·················246
89. 서두르는 공명, 참는 중달 ── 오장원에서의 심리전 ·················249
90. 최후의 전장·오장원이란 어떤 곳인가 ·················251
91. 오장원에서 산화한 공명의 집념 ·················253
92. 삼국지 최고의 인물 공명의 인품 ·················256

삼국 시대의 종말 ── 중원에 산화한 병사들의 꿈같은 이야기 ··········258

93. 사마중달의 「죽은 시늉」 쿠데타 ··········258

94. 위국을 탈출한 사마 씨 전래의 "숙시 전술" ··········261

95. 망국의 군주 유선은 누구인가 ··········264

96. 후계자 경쟁을 격화시킨 손권의 어리석음 ··········266

97. 「마지막 황제」 손호는 남을 만한 주정뱅이 ··········268

삼국지의 원칙학

1. 『삼국지』와 『삼국지연의』는 어떻게 다른가?

「志」라는 것은 잡지의 그 「誌」와 같은 의미로, '나타내다' 혹은 '기록하다' 등의 의미가 있으며 "연의"에는 '의의를 기술하다'라는 의미와 역사상의 사실을 이야기 형식으로 서술하는 의미가 있는데 『삼국지연의』가 그 후자에 해당한다.

저 유명한 "도원결의" 혹은 "적벽대전"에서 「공명이 하늘에 기원해 바람을 부르니…」 등은 『삼국지연의』에서의 명장면이지만 역사서인 『삼국지』에는 나오지 않는다. 다만, 삼국지연의도 제멋대로의 꾸민 이야기는 아니고 역사의 흐름은 삼국지에 근거해 거의 객관적으로 그 자취를 따라가고 있다. 그저 주인공 개개의 활약상이나 인과 관계, 그에 따른 정경 묘사 등은 자유로운 창작에 따르고 있다.

독자의 입장에서는 양쪽을 비교해 가면서 읽다 보면 어디가 사실이고 어디가 허구인지 알 수 있고, 역으로 '이 사실은 이런 식으로 해석할 수 있구나'라고 수긍이 가기도 해, 또 다른 재미를 불러일으키게 하는 것이다.

그렇다면 이 두 가지 책은 어떻게 나오게 되었을까?

『삼국지』는 삼국 시대(220~280)가 끝난 직후, 위나라를 계승한 진의 역사가인 진수(233~297)가 저술한 책이다. 오나라가 진나라에게 멸망해 삼국 시대의 종지부를 찍은 것이 280년이고, 진수가 사망한 것은 297년이므로 『삼국지』가 그 사이에 완성된 것은 틀림없다.

그로부터 천 년이 지난 14세기 중엽의 원나라 말기에서 명나라 초기에 걸쳐 살았던 나관중이라는 사람의 손에서 쓰여진 것이 바로 이 『삼국지연의』인 것이다. 그런데 『삼국지』의 저자 진수에 관해서는 어느 정도 알려져 있으나 『삼국지연의』의 저자 나관중은 단 한 가지도 알려진 것이 없는 수수께끼의 인물이다.

다만 내용으로 판단하건대, 나관중은 자신의 머리 속에서 제멋대로 창작한 것만은 아닌 듯 싶다. 후에 『삼국지』의 연구가가 덧붙인 상세한 주석이나 민간에 유포되어진 전설, 혹은 야담 등을 근거로 하여 교묘히 그것을 짜 맞추어 이 대장편 서사시를 만든 것이다.

삼국시대의 직후부터 영웅들의 일화는 상당히 많이 유포되어 있었는데, 그것이 전설이 되기도, 당·송 시대에 유행한 역사 야담의 재료가 되기도 하였다. 그리고 그것이 설화의 기초가 되었던 것이다.

나관중은 이러한 것을 모두 교묘하게 끌어들여 『삼국지연의』를 저술한 것이다. 때문에 『삼국지』에서 『삼국지연의』가 쓰여지기까지의 천 년이라는 세월은 술이 서서히 맛이 들듯이 민간에서 발효해 한층 더 재미있는 이야기로서 완성되어진 것이다.

2. 『삼국지』는 왜 삼국의 기술에 차등을 두었는가?

우선 역사서의 『삼국지』는 삼국의 역사적 내용을 다룬 방대한 역사서이다. 그 내용은 나라별로 위서, 촉서, 오서의 3부로 크게 구분되어 있다.

그리고 각각의 내용은 황제의 일대기인 「기」와 왕족이나 유력한 신하들의 전기인 「전」으로 나누어진다. 이를테면, 신하의 전으로 「제갈량전」과 같이 독립된 책도 있고, 몇 명의 것을 한꺼번에 엮은 것도 있다.

※ 위서 (30권) 무제기(조조의 전기), 문제기, 명제기, 후비전, 동탁전, 원소전, 유표전, 여포전, 순욱전, 가후전 등등.
※ 촉서 (15권) 선주전(유비의 전기), 후주전(유선의 전기), 제갈량전, 관우전, 장비전, 마초전, 조운전, 법정전 등.
※ 오서(20권) 손견전, 손책전, 오주전(손권의 전기), 비빈전, 주유전, 노숙전, 황개전 등.

잘 살펴보면, 위나라의 경우는 「조조전」이 아닌 「무제기」로서 황제로 취급하고, 촉서의 경우는 유비가 황제의 지위였는데도 불구하고, 「기」가 아닌 「선주전」으로, 오서의 경우도 손권도 나중에 황제가 되었건만, 단지 「오주전」이라 한 것을 의심하지 않을 수 없다.

저자인 진수는 진나라의 역사가로서 저술하였을 뿐으로 이 부분에 상당히 고심하였을 것이다. 진나라는 위나라에서 「평화적」으로 승계한 것으로 되어 있다. 따라서 진나라가 정통이 되기 위해서는 위나라만을 정통으로 인정하지 않으면 안되었다.

그래서 위나라와는 달리 촉과 오는 황제의 정통성을 인정하지 않고 「선주」라던가 「오주(오나라의 주인이라는 뜻)」라는 표현을 써서 구별하지 않으면 안되었던 것이다.

그러나 진수는 사실을 존중하는 학자였는지라 형식적으로 부득이하게 이러한 표현을 취했지만 내용은 될 수 있는 대로 삼자의 시각에서 객관적인 입장을 추구하였다.

예를 들면, 공명은 진의 선국인 위나라를 괴롭힌 적의 수장이었지만 버젓이 그 치적 또한 나열하고 있는 것이다. 또한 위나라의 나쁜 행적에 관한 표현도 서슴지 않아 그 공정성에 애를 썼다는 것이다.

그러나 진수의 필체는 간결하다 못해 생략이 지나쳤다. 때문에, 백 년 이상이 흐른 남북조 시대에 접어든 남송 시대의 배송지(372~451)가 당시 현존해 있던 많은 자료를 사용해 상세한 주석을 달았다. 그 원본은 거의 소멸되었으나 그 주석은 그저 주석이 아닌 『삼국지』 관계의 문헌집으로서 우리 후손들에게 귀중한 자료로 전해지고 있는 것이다.

3. 『삼국지』의 저자 진수의 파란 만장한 생애

『삼국지』의 저자 진수(233~297)는 진나라의 역사가이다. 진 나라는 앞서 서술한 바와 같이 삼국 중 하나였던 위나라를 계승하여 천하를 통일한 나라이다. 이 진수라는 이는 그 혼란한 삼국 시대에 걸맞는 파란 만장한 생애를 보냈으며 또 그것이 『삼국지』의 내용에 도 반영해 생생한 묘사가 가능했던 것이다.

그는 공명이 오장원에서 최후를 맞이하기 일 년 전 촉에서 태어났 다. 촉은 유비의 대통을 유선이 승계해 황제로 등극한 지 11년이 되던 해였다.

진수의 부친은 촉의 장교로 공명이 첫 번째 북벌을 행하던 때, 마 속의 밑에서 참모를 맡고 있었다. 마속이 작전에 실패해 중요한 승 기를 놓쳐, 공명에게 처형되어 "울면서 마속을 베다(泣斬馬謖)"이 라는 그 유명한 고사를 만들어 냈던 그 때에 진수의 아비도 연루되 어 "발형(머리카락을 빡빡 깎이는 형벌)"을 받았다.

그 후 진수는 성장해 촉에서 일하였으나 21세에 촉이 위나라에게 멸망되는 바람에 그는 고향에 은둔하게 되었다.

머지않아 위나라는 내분으로 붕괴되고 사마 씨에 빼앗기어 마침 내 위에서 진으로 그 명칭이 변하자, 진수 또한 진나라의 저작자,

즉 지금의 역사 편찬위원이 되어 『삼국지』 저작에 관여하게 되었다. 당시는 삼국 시대의 생존 인물도 많이 있었고 자료도 풍부했으므로 비교적 정확하게 기록을 남길 수가 있었다. 애당초 그 자신도 청년기에 촉의 관직에도 있었으므로 동시대 감각을 가질 수 있었을 것이다.

그러나 어려움도 뒤따랐다. 진은 형식상 위나라로부터 평화적으로 정권을 이양 받았을 뿐더러 진의 사관이란 위나라를 정통으로 해 기록하지 않으면 안되었다. 게다가 형식과 더불어 특별한 배려를 필요로 했으나 진수는 그 때문에 내용을 왜곡하지 않고 가능하면 객관적인 기록을 하기 위하여 노력하였다. 그 흔적은 『삼국지』 속에 베어 남아 있다.

후세의 학자 중에는 그가 『삼국지』에 '공명은 항상 병사를 다루는 것에 미흡했다. 임기 응변에만 급급했기 때문이다.' 등으로 적고 있는 것을 보아 진수의 부친이 공명에게서 형벌을 받았기 때문에 진수는 공명에게 호의적이 아니라고 하나 이것은 맞지 않다. 『삼국지』에는 공명의 정치가로서의 탁월한 점과 그 인품에 대해 긍정적인 평가를 내리고 있으므로 진수가 공명에게 편견을 지니고 있다고 판단하기에는 무리가 있다.

그래서인지 진수는 『삼국지』와는 별개로 공명의 저작물을 널리 수집해 『촉의 재상 제갈량집』을 펴내어 진의 무제로 하여금 공명에 관한 상서를 행하였으니, 그 속에 공명에 대한 존경심이 우러나오고 있다고 할 것이다.

4. 베일에 가려진 인물 『삼국지연의』의 저자 나관중

『삼국지연의』의 저자인 나관중은 14세기 중엽, 말하자면 원나라 말기에서 명나라 초기에 걸친 문인이었다.

그에 대해서는 언제 태어났다는 것은 알려져 있으나 그의 출생지나 그의 경력에 대해서는 하나도 알려진 것이 없다. 1700여년 전의 『삼국지』의 저자 진수에 관해서는 상당히 알려져 내려오고 있는데 반해, 700여 년도 안되는 나관중에 대해서는 알려진 것이 없다는 것은 왜일까?

그것은 나름대로의 이유가 있다.

진수는 '관직'에 몸담은 사람이었고 관수의 『진서』라는 진의 역사서에 그의 전기가 남아 있다. 그러나 나관중의 경우는 당시 '사실이 불분명한' 소설을 쓴 저자이었다는 점이다. 당시 소설의 저자들은 관료인 문인들보다는 낮은 천대를 받았으며 관서의 사서에 전기 등이 남아 있을 리 만무이었다. 베스트 셀러 작가가 고액의 납세자가 되어 명사 대접을 받는 오늘날을 상상할 수 없는 시대였으므로. 게다가 당시는 원나라 말기였으므로 질서는 붕괴되어 각지에서 농민 봉기가 끊이질 않았는데 그 역시 그 혼란에 휩쓸렸다고 해도 이상할 것은 없다. 그 역시 농민 혁명군에 가담했다는 설도 있고, 혼란의

와중에 생겨난 지방 정권의 벼슬아치가 되었다 라는 설도 있다.

단지 그가 『삼국지연의』 외에 다수의 역사 소설이나 희곡 등을 썼다 라는 것만이 확실한 것만은 틀림없다.

『삼국지연의』와 더불어 중국의 3대 고전으로 불리는 저 유명한 『수호지』의 창작에도 나관중이 개입했을 것이라는 학자도 있다니, 어쨌든 미혹의 인물인 것만은 분명하다.

옛날부터 중국은 예전의 우리와 마찬가지로 '과거'라 불리는 문관 채용 시험에 합격하는 것만이 출세를 하는 지름길이었다. 과거에 불합격한 자들 중에는 이미 출세에 등을 돌려 자신들이 좋아하는 저술 활동에 전념하는 사람들도 있었다. 어쩌면 나관중도 그런 부류 중 한 사람일지도 모르겠다.

그런 『삼국지연의』가 후세에 가장 많이 읽혀지는 필독서인 것을 안다면 나관중은 깜짝 놀라지 않을까.

그러나 나관중은 혼자서 이러한 『삼국지연의』를 스스로 창작한 것은 아니다. 그는 역사서 『삼국지』 외에 민간에 구술로 전해 내려 왔던 야담을 집대성한 14세기 초에 쓰여진 『신전상삼국지평화』라는 책을 종본으로 삼았다. '도원결의'니 '추풍오장원' 등도 세밀한 차이는 있지만 이 책에는 나오고 있다. 뿐만 아니라 이 책에는 70여 점의 삽화까지도 수록되어 있다.

또한 이 책의 바탕이 된 야담은 이미 송나라 때부터 민간에 흘러 전해 왔던 것이다. 역사서 『삼국지』에 민간의 전설과 그 주석이 더해져, 드디어 『삼국지연의』를 탄생시킨 것으로 『삼국지』에서 『삼국지연의』까지는 무릇 일천 년의 세월이 걸린 것이다.

5. 도표로 본 후한~삼국의 흥망과 영웅들의 성쇠

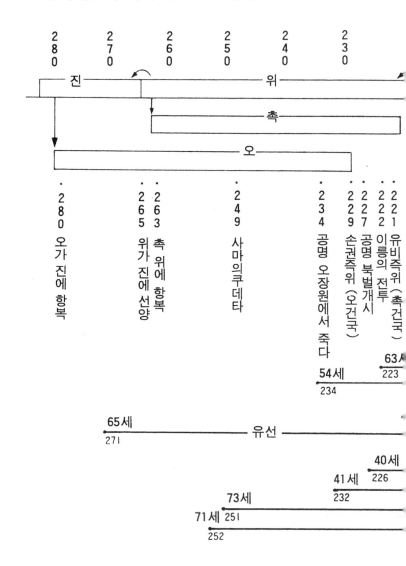

210	200	190	180	170	160

후한

214 유비 촉을 점령하다
213 조조 위공에 오르다
210 조조 관중평정
208 적벽대전
207 「삼고의례」
200 · 9 · 1 유비, 유표에 의탁
199 관도의 전투
196 조조, 헌제봉극
192 동탁의 난
189 동탁 암살되다
184 황건의 난
169 제2차 당고사건
168 영제즉위
166 제1차 당고사건

유비 ——— 161
공명 ——— 181
관우 ——— ----?
장비 ——— ----?
207 ——— 조조 ——— 155
조비 187
조식 192
사마중달 179
손권 182
37세 192
손견 156
36세 210
주유 175

6. 제갈공명의 두 가지 호칭은 어디에서 파생되었는가

『삼국지』 등장 인물에는 여러 가지 호칭이 있는 것을 볼 수 있다.

제갈공명은 '제갈량'이라고도 한다. 우리는 보통 자인 '공명'과 본명인 '량'을 혼용해 쓰지만 중국에서는 대부분 '제갈량'이라고 한다.

유비의 '비'는 호이며 '현덕'은 자이다. 게다가 유비에게는 '소열황제'라는 시호도 있다. 또한 사마중달은 '중달'이 자이며 본명은 '사마휘'이다.

조조의 '조'는 호이며 자는 '맹덕', 시호는 '무왕'이라 한다.

또한 관우는 실명이며 자는 '운장', 시호는 '장익공'이라 하나 그 이후 역대 왕조의 황제들이 관우를 찬양해 붙여 준 '봉호'만도 십수 개나 된다.

'자', '호', '시호'…로 복잡하지만 이름을 호칭하는 방법은 우리도 예전에는 그랬듯이 그 유래를 알고 보면 사용했던 당시 사람들의 제각각의 의식을 알 수 있어 흥미롭다.

실명을 함부로 남에게 말하지 않는다는 금기는 고대 사회 어느 곳이나 유포된 일종의 풍습이다. 자신의 실명을 밝히는 것이 주술에 사로잡힌다든지 악마에 홀린다는 두려움이 있었기 때문이다.

‘휘’는 중국에서 시작되어 우리에게 전해진 것으로 귀인의 생전의 이름을 황송하게 말하지 않도록 하는 것에서 비롯되어 마침내는 이름만이 아니라 ‘자’와 ‘시호’까지 금기가 되었다. ‘시호’를 ‘휘’로 사용하는 경우도 있다.

　‘자’는 성인이 되었을 때 본명 외에 붙이는 별칭이다.

　‘시호’는 죽은 이의 생전의 행적에 따라 주어지는 이름으로 공명의 시호는 ‘충무후’이었다. 그래서 공명을 모시는 사당을 ‘무후사’라고 하는 것이다.

　관우는 본명으로 ‘자’는 운장, ‘시호’는 장무공이었는데 그 후 역대 왕조의 황제들이 관우의 유명세를 닮고 싶어 자꾸 ‘봉호’를 내려 관우에게는 많은 별칭이 있다.

　이러한 습관은 당시의 엄격한 신분 제도를 반영하는 것이라 하겠다.

7. 관우는 어떻게 하여 '신'이 되었는가

『삼국지』에서 제일 손꼽히는 인물인 제갈공명과 견줄 만한 인물은 뭐니뭐니해도 관우이다. 뛰어난 지략가인 제갈공명에 비해 관우는 의리와 용맹스런 호걸로 비유된다.

그래서 중국 각지에는 관우를 신으로 모시는 '관제 묘'가 있다. 도심지는 물론이고 멀리 떨어진 촌구석에도 이러한 사당이 있어 제삿날에는 노점이 나와 홍청거렸다 하는데 최근에 이것이 다시 부활하고 있는 중이라고 한다.

해외에서도 화교가 많이 사는 곳에서는 반드시 있다라고 해도 과언은 아닐 정도로 관우의 사당을 모셔 놓고 있다. 공명에게도 「무후사」라는 사당이 있지만, 이것은 공명의 연고지에 몇 개인가 있을 뿐이고 관우의 것과는 많이 다르다. 서민의 삶에까지 밀착되어 있다는 점에서 공명보다 관우 쪽이 위인 셈이다.

게다가 관우는 거의 본인과는 관계없는 장사의 신으로까지 격상(?)되어 있는 것이다. 이것은 관우가 「신의의 사람」이고 장사가 신의를 필요로 한다는 것과 일맥 상통할 뿐 아니라 관우 신앙에 「이익」이 된다고 생각되어졌기 때문일 것이다.

그렇다면 관우는 어떻게 하여 이처럼 받들어 모셔지게 된 것일까? 야담과 연극의 힘도 크지만 그의 인기에 편승해 역대의 황제가 그에게 존호를 받들었던 것도 관계가 있을 것이다. 그것은 각 왕조에 미친 바가 크므로 전부는 어려우나 일부만 소개해 보기로 한다.

송·휘종 — 충혜공 숭녕진군에 봉함.
송·효종 — 영제왕
원·문종 — 현령의용 무안영제왕
명·신종 — 관성대제
청·세종 — 충의신무 관성대제
청·인종 — 충의신무령우인용 관성대제

점차 단계적으로 제후에서 왕으로, 왕에서 황제로 승격해 가는 것을 불 수 있다. 민중의 인기와 이에 편승한 역대 황제의 인기몰이가 더해져 관우는 점차로 격상되어 가는 것이다.

또 하나, 이와는 별도로 관우가 신이 된 이유가 있다. 그것은 관우의 신격화이다. 뒤에 서술하겠지만 관우는 비명에 죽어 그 영혼이 나타났다는 설도 있다. 그래서 사람들이 이 혼령을 위로하기 위해 묘를 세웠던 것이고 그것이 각지로 퍼져간 것이 아닐까.

어쨌든 관우는 공명과 유비와는 다른 존재로서 중국의 민중 속에 뿌리를 내리고 있는 것이다.

8. 환관이 권력을 지니게 된 이유

「환관」이란 당초에는 후궁의 잡일을 맡아 하는 잡역부에 지나지 않았지만, 점차 정치적인 권력을 가지게 되었다.

어째서 그렇게 되었을까.

말할 것도 없이 환관이란 궁중의 후궁을 모시기 위해 거세된 남자들이다. 후궁은 미녀들이 많은 여자들의 처소이었음에 황제 이외의 남자가 출입을 한다는 것은 가당치 않았으므로 당연히 남자 구실을 못하는 환관 제도가 생긴 것은 당연한 일이다. 때문에 처음에는 황제와 황후의 신변의 잡일을 하는 것에 불과했지만, 점차 정치상의 정세와 정보에 관해 황제의 귀가 되고, 또는 황제가 의견을 구하게 되고 점차로 음의 권력 조직이 되어갔던 것이다.

중국의 역사상 환관의 세력이 특히 왕성(?)했던 것은 후한, 당, 명의 세 왕조이다. 그 중 후한의 경우는 어린 나이에 즉위한 황제가 많은 까닭에, 외척이 정치적 실권을 휘둘렀던 고로, 황제는 그 외척을 배척하고자, 가까이 있는 환관을 의지하게 되어 당연히 그들의 세력이 신장되었다.

이미 2대째인 명제 때부터 환관은 중용되어 후한 중기에는 중신의 정원도 「중상시 10인, 소황문 20인」이 되어 3공에 이어 9경을 겸임하는 사람까지 있었다 한다.

환관은 생식 기능이 없으므로 세습이 불가능한데도 8대 순제 이래 환관이 양자를 얻어 작위를 세습하는 것이 인정되었다. 조조의 아비는 항제 치하에서 환관의 우두머리였던 조숭의 양자가 되어 그 작위를 계승한 것이다.

환관은 중국의 왕조 정치를 부패시킨 원흉의 하나로 취급받고 있지만, 그들 중에는 중국과 세계문명에 지대한 공헌을 했던 이도 적지 않다.

환관은 형벌로서 거세당한 자, 전쟁의 포로가 되어 거세된 자(춘추전국 시대가 그러했음), 자발적으로 지원하여 거세한 자의 세 종류로 크게 나누어진다.

『사기』를 지은 위대한 역사가인 전한 시대의 사마천은 억울한 누명을 쓴 인물을 비호했다 하여 무제의 노여움을 사, 사형에 처해졌다가 겨우 감형을 받아「궁형(남근을 절단하는 형벌)」에 처해져, 그 첫 번째에 해당하므로 보통의 환관과는 경우가 다르다. 그는 이 굴욕을 만회하고자 대작인 『사기』를 남긴 것이다.

또, 후한의 화제를 모셨던 환관 채륜은 주저없이 황제에게 직언을 하고, 정치를 바로잡으려 애쓴 인물이다. 종이를 발명한 사람이 그라고 하는데 다만 최근에 발견된 사료에 따르면 종이의 발명은 훨씬 이전이었으며, 채륜은 다만 종이의 개량에 힘썼다고 한다.

15세기 명나라 시기에 29년간 7회에 걸쳐 남해에 배를 몰아 아프리카 동쪽 해안까지를 주름잡았던 대항해가 정화는 환관이었으며, 이슬람교도라는 설도 있다.

9. 환관의 몸은 어떻게 되어 있는가

영화 『마지막 황제』를 본 사람이라면 혁명으로 북경의 「자금성」을 쫓겨난 「환관」의 한 무리가 작은 상자를 들고 울면서 퇴출되어 가는 장면을 기억하고 있을 것이다. 그 작은 상자에는 환관이 될 때 잘린 자신의 물건이 소중히 보관되어 있는 것이다.

이 제도는 세계의 오랜 문명국이라면 동서를 불문하고 있어 온 것이며, 성서의 『마태복음』에도 나와 있다.

그러나 뭐니뭐니해도 본 고장은 중국으로, 멀리 기원전 7,8세기의 춘추 시대에도 제후가 후궁에 환관을 두고 있었다는 기록이 있다. 그로부터 청조가 멸망할 때까지 약 3천여 년에 걸쳐 군주 정치와 함께 그 명맥을 유지해 온 것이다.

중국인은 본디 이상할 정도로 기록하기를 좋아하지만 환관을 거세하는 방법에 관한 상세한 기록은 아직까지 발견된 것이 없다. 다만, 페니스와 고환 주머니 양쪽을 동시에 싹둑 절단해 버린 것은 확실한 것 같다.

당시에는 상당한 출혈이 있다 하는데, 지혈로 뜨거운 재를 사용한 것이 당대의 기록에도, 고대 이집트의 기록에도 나와 있다. 우연한 동서양의 일치인지 혹은 동서에 기술 교류가 있었는가는 확실치 않다.

청나라 말엽에 유별난 것을 좋아하는 영국인이 쓴 기록에 따르면 지금의 북경 고궁의 서쪽에 있는 서화문 뒤뜰에 수술실인 작은 방이 있었다. 그 곳에서 수술이 행해졌는데, 우선 포대로 하복부와 대퇴부를 강하게 묶고 뜨거운 호숙탕에서 잘 씻은 후 페니스와 주머니를 잘라내고, 밀랍 뚜껑을 요도에 끼워 넣어 소변이 나오지 않도록 한다. 이후 3일간 물도 마실 수 없으며, 3일 후에 뚜껑을 빼면 오줌이 세차게 내뿜어져 나오며, 상처가 아물기까지는 3개월 이상이 걸린다고 한다.

청조의 멸망과 함께 환관 제도는 사라지고 80여 년이 지난 지금까지 생존하는 환관도 없지만 중국의 노인에게 들은 바로는 가랑이 사이가 겹게 죄고 당겨진 것처럼 되어 그 불쾌한 느낌이었다고 하는데 유감스럽게도, 소변을 어떻게 보는지에 대해서는 들은 바가 없다.

이 수술을 받고 나면 눈에 띄게 몸 상태가 변한다. 우선 목소리가 여성화되고 이어 수염이 사라지고, 얼굴이 반들반들해진다고 한다.

거세 수술을 하면 외견만이 아니라, 성격도 변한다. 감정의 기복이 심해지는데, 밖으로 표출하지 못하는 내향적 성향을 띠는 것이 일반적이라고 한다. 음침한 성격으로 행동도 음험한 사람도 많았다 한다.

진의 시황제가 여행지에서 죽었을 때, 그를 수행한 환관 조고는 유지를 위조하여 호해를 즉위시키고 실권을 장악하여 재상이 되었다. 그러나 도처에서 일어난 반란과 그 위기 관리 능력이 없었던 조고로 인해 마침내 진은 멸망하게 되었다.

또한 환관은 여러 가지 호칭이 있었는데, 寺人, 庵人, 淨人, 中
官, 大監 등으로 불리어졌다 한다.

낙양에 불을 지르고 간신히 빠져 나오는 동탁

10. 고대 중국의 모든 제도와 주된 도량형

고대 중국에서는 우리와 마찬가지로 군 밑에 현이 있었다. 이 제도는 진의 시황제로부터 시작된 것이다. 그때까지의 주나라에는 왕족과 공신에게 토지와 백성을 나누어 주는 「봉건 제도」를 취하고 각각의 왕조는 세습되었는데 시황제는 이를 고쳐 전 국토를 황제 직할로 두고 그 우두머리는 세습되는 것이 아닌 중앙에서 파견된 관리를 두었다. 이것을 군현 제도라고 한다.

다음 한나라 대에 이르러 이 군현제에 봉건 제도를 가미하여 군, 현과 왕국, 제후국이 병존하게 되었다. 후한 말기에 조조가 헌제 밑에서 「왕」이 된 것이 바로 그것이다.

또 한나라 초기에는 군을 감찰하기 위해 전국을 13개의 「주」로 나누고 「자사(刺史)」를 파견했는데 이것이 점차 정착하여 주—군—현이라는 제도가 만들어졌다.

주의 우두머리는 초기에 「자사」라고 불리었다가 나중에 「목」으로 불리게 되고 또 다시 자사로 변했다가 후한 말기에는 「목」으로 변화하는 과정을 되풀이하였다. 유표와 유장 등이 형주와 익주의 「목」이라 불리거나 「자사」라고 일컬어졌던 것도 그 때문이다.

그 밑의 군의 우두머리는 「태수」이고, 그 외에 「군위」, 「군감」

을 두고, 각각 군사와 감찰을 맡게 하였다. 그 아래의 현은「현령」외에「현위」「현승」을 두고 각각 군사와 감찰을 맡게 했다.

본래 황제가 임명하는 관직도 한나라 말기에는 힘있는 군벌이 추천한다는 명목으로 제멋대로 임명하거나 자칭하기도 하였다. 이러한 시대적 상황을 파악하고 있어야 당시 군웅 할거의 상태를 이해할 수 있는 것이다.

그런데 한 초기의 중앙에서는 최고위직으로「승상」, 후에「상국 (정무를 총괄하는 지금의 국무 총리)」을 두고, 그 아래로 군정을 맡는「태위」와 감찰 기관인「어사대부」를 두어 이를「삼공」이라고 했다. 후한에서는「태위(군사)」,「사도(내정)」,「사공(토목)」을「삼공」이라고 하였다.

동탁은 자신을「상국」으로 지칭해 삼공의 위에서 권력을 휘둘렀으며, 조조는 아예 삼공을 폐하고「승상」이 되었다.

위, 촉, 오 삼국은 황제의 밑에 각자 독특한 제도를 두었다.

당시의 관직을 오늘의 관직과 결부시키는 것은 근본적으로 무리가 따르므로『삼국지』를 읽을 때는 그렇게 신경 쓸 필요는 없다.

다만 신경 쓸 것은 연호가 다르다는 것이다. 삼국이 정식으로 성립하기 전까지는 후한의 연호인「건안」을 사용했으며 이는 건안 29년(220)까지 계속되었다.

그 후는 위, 촉, 오가 각자 황제를 내세워 독자적인 연호를 사용했는데, 위의「황초」6년(225)이란 촉에서 건흥 3년, 오에서는 황무 4년이다.

이제 후한에서 삼국 시대의 주요 도량형을 알아보기로 하자.

	전한	위
1리	414.72미터	434.16미터
1장	2.304미터	2.412미터
1척	1장의 10분의 1	동일
1묘	4.586아르(약 30평)	5.026
1승	0.198리터	0.202리터

『삼국지연의』에 따르면, 유비의 신장은 7척 5촌, 관우는 9척 3촌으로, 각각 1.72미터, 2.14미터가 되지만, 『삼국지연의』가 쓰여진 시대(14세기경)의 도량형 대로라면 1척은 0.3미터로 각각 2.25미터, 2.79미터가 되는 굉장한 거인인 것이다.

단양 장판파에서 조조 80만 대군을
혼자 휘젓고 다니는 조운. (연환화)

혼탁과 환란의 삼국 전야

도원 결의(桃園結義) —— 유비·관우·장비 세 의형제의 맹세

복숭아꽃 향기 물씬 풍기는 도원에서 세 사람의 남자들이 장래를 서로 맹세했다. 유비·관우·장비 세 사람이다. 한 말기에서 삼국 시대에 걸쳐 활약한 영웅호걸이 많지만, 이 세 사람이 특히 주목되는 것은 왜일까? 그리고 또 「황건적의 난」이란 무엇이었는가…….

11. 도원 결의는 꾸며낸 것인가

『삼국지연의』는 유비·관우·장비 세 사람이 처음 상면하는 것에서부터 시작된다.

후한 왕조 말기에, 정치적으로 혼란한 틈을 타, 각 도처에 도적이 들끓었다. 그들 중 장각이라는 자가 있었는데, 산 속에서 선술을 체득해 「태평도」라 칭하고, 사람들의 병을 치유하여 인기를 모아 모반을 꾀했다.

여기에 가담한 자가 4, 50만이나 되어, 머리에는 황색 띠를 두르고, 그 기세는 대단한 것이어서, 관군은 감히 싸울 엄두조차 내지 못하였다.

이에 조정에서는 각지의 방위를 굳건히 하는 한편, 황건적 토벌을 명하였다.

그 무렵, 유주(하북성 북부)의 탁현(涿縣)의 각지에도 포고문이 나붙었다. 이 포고문의 내용은 유주의 태수 유언이 낸 것으로「도적을 토벌하기 위한 의병을 모집한다」라는 내용이었다.

이것을 보고, 함께 참여하고자 의기를 투합한 두 사람의 남자가 있었으니 한 사람은 짚신 파는 유비요, 다른 한 사람은 고기와 술을 파는 장비였던 것이다.

두 사람이 마을의 한 주점에서 술을 주거니 받거니 하고 있을 때, 때마침 찾아 온 이가 있었으니 그가 바로 관우였다. 고향에서 탐관오리를 베고 쫓기는 신세가 되어, 이 유주 땅으로 흘러 들어왔다가 마침 의병을 모집한다 하여, 자신도 동참할 작정이었다.

세 사람은 곧 의기 투합하여, 다음 날, 장비의 집 뒷편에 있는 복숭아밭에서 형제의 의를 맺은 것이다.

그들은「같은 해, 같은 달에는 태어나지는 않았지만, 죽을 때는 함께 죽는다」라고 서로 맹세하여, 나이순으로 유비를 큰형, 관우를 둘째 형, 장비를 막내 동생으로 하기로 하였다. 처음에는 보잘것없는 작은 무리에 지나지 않았지만, 차츰 공적을 쌓아 드디어는 대군을 거느리게 되었다.

이 "도원 결의"는 비록 꾸며낸 이야기이었지만, 세 사람의 인연은 일생 동안 변하지 않았다는 것은 사실이다.

진실에 근접한 역사서『삼국지』에서도, 세 사람은 잠을 함께 잘 정도로 그 우애는 형제와 같았다고 기술하고 있다.

그러나, 공적인 면에서는 정확히 공사를 구별하여, 관우·장비의 두 사람은 신하로서 하루 종일 유비의 곁에 서 있는 시립 자세를 취했다 한다.

그들 형제의 우애는 살아 있을 때부터도 아군은 물론 적에게도 널리 알려져 있다.

중국인은 전통적으로 사람과 사람의 결연을 중시하여, 서로 용서하며 좀처럼 배반하지 않는 것을 미덕으로 안다. 친한 친구끼리는 무엇인가 도움을 받아도, 일부러 예를 표하는 것은 서먹서먹하기 때문에, 입으로 「고맙다」는 말을 하지 않을 정도이다.

험난한 자연 조건과, 흥망 성쇠의 흐름 속에서, 법률도 조직도 도움이 되지 않고, 그저 인간끼리의 결연 만이 의지가 되었지 않았을까.

때문에, "도원 결의"는, 그들의 이상적 상징의 표상으로서, 오랫동안 사람들의 마음에 강렬하게 새겨졌을 것이다.

그러한 의미에서 "도원 결의"는 단지 허구가 아닌, 사람들의 마음속에 "현실"로 존재하고 있다. 중국 사람들은 『삼국지연의』와, 『삼국지』를 굳이 구별하려 하지 않는다. 역사적 사실의 근거보다도, 「연의」의 이야기가 피가 되고 살이 되어 버린 것이다.

오늘날, 하북성 탁현에서는 『삼국지연의』와 관련한 「사적」이 헤아릴 수 없이 많으며, 「도원」이라는 여관까지 있다. 이 탁현, 지금의 탁주 시는 북경에서 남쪽으로 60킬로미터 지점에 있다.

12. 세 사람의 알려지지 않은 만남의 전설

유비, 관우, 장비의 만남은 역사서 『삼국지』보다도 소설 『삼국지연의』 쪽이 훨씬 재미있지만, 민간에 전해지는 다음과 같은 전설은 더 한층 재미를 불러일으킨다.

탁현 성 외곽의 도장(桃莊)이라는 곳에 돼지고기를 파는 장비라는 이가 있었는데, 단지 그 일이 성에 차지 않아, 천하의 호걸들과 사귀기를 좋아했다.

장비는 항상 문 앞 우물에 커다란 고깃덩어리를 넣어두고는, 천 근이나 나가는 커다란 돌로 뚜껑을 만들고, 위에 이렇게 글을 써 두었다.

「이 돌을 치우는 자는, 고기를 가지고 가도 좋으며, 돈은 필요없다.」

그러던 어느 날, 장비가 집을 비운 사이에, 붉은 얼굴을 한 남자가 와서 그 글을 읽어 보고는 그 큰돌을 가볍게 들어올리고, 고기를 가지고 떠나 버렸다.

집에 돌아 온 장비는 이 이야기를 듣고, 곧 시장에 달려갔다. 역시 붉은 얼굴을 한 남자가 녹두를 팔고 있었다. 장비는 갑자기 이 남자의 앞에 서서, 녹두를 움켜쥐고는 가루로 내어 버렸다.

두 사람은 서로 언쟁을 하다가 급기야는 서로 붙들고 싸웠지만, 좀처럼 승부가 나지 않았다.

이런 그들 앞에 짚신 파는 한 사내가 나타났다. 그는 두 사람의 사이를 헤치고 들어와서는,

"모름지기 사나이란 나라를 위해서 힘을 써야 하는 법인데, 이런 쓸데없는 곳에서 무슨 싸움이란 말인가."하며 일침을 놓았다.

여기서 짚신 장수 사내는 한의 황실의 후손인 유비이고, 붉은 얼굴의 남자는 관우로 본래 산서성 사람이나, 자기 고을의 탐관 오리를 죽이고, 이 곳에 흘러 들어와 녹두를 팔고 있었다.

그 짚신 장수는 나중에 천자가 되고, 고기 장수와 녹두 장수도 나중에 「용맹한 호장」이라고 불리게 되어, "일용, 이호"라는 이야기로 전해진다.

고기에 뚜껑을 한 부분까지는 같지만, 관우와는 저울추 때문에 싸움이 되어, 유비가 우연히 지나다가 중재하여, 도원에서 의형제를 맺었다는 이야기도 청대의 기록에 남아 있다.

또, 이러한 이야기도 있다. 형제의 순서를 결정할 때, 장비는 형이 되고 싶어서, 복숭아나무에 제일 높이 뛰어 오른 사람을 큰형으로 하자며, 자신이 먼저 꼭대기에 뛰어올랐다. 그렇지만, 관우는 다투지 않고 나무의 중간쯤에 오르고, 유비는 묵묵히 나무에 기대고만 있었다.

"결국에는 내가 형이 되었군!"하며 장비가 큰소리 치자, 유비는 점잖게

"나무의 뿌리가 있고서야, 줄기가 위로 뻗어 가는 법, 줄기가 먼

저라고 들은 적이 없다!"

　그 이야기를 듣고 장비가 말문이 막혀, 유비, 관우, 장비의 순서
로 정해졌다는 이야기다.

유비가 살았던
고향 (탁현) 에 남아있는
삼의당.

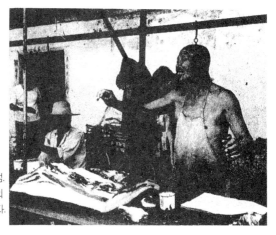

탁현의 자유시장의 정육점.
장비의 고기판매의
전설이 있는 곳이다.

13. 유비에게서 보여지는 큰 인물의 풍모

도원에서 결의를 한 세 사람 중, 관우와 장비는 보기에도 호걸 타입이지만, 유비는 조금 성격이 다르다.

역사서인 『삼국지』에 따르면, 신장은 7척 5촌으로 관우와 장비에 비해 단신이었다고 한다. 후한 시대의 1척은 지금의 미터법으로 계산하면 약 23.04센티미터이므로, 어림잡아 1.72미터를 조금 넘어 거인의 체격은 아니다.

단지, 다른 부분이 있다면, 팔을 내리면 무릎까지 닿을 정도로 이상하게 길어서 아무리 길어야 허벅지의 반 정도 밖에 내려가지 않는 여느 사람과는 달랐다.

게다가 귀도 상당히 커서, 귓불이 어깨까지 축 내려와, 돌아보면 자기의 귀를 볼 수 있을 정도였다고 하니, 가히 남다른 풍모임에는 틀림없다. 지금까지도 귓불이 길게 늘어진 귀를 「복귀」라고 말하지만, 유비의 큰 귀는 그 표현을 뛰어넘을 정도였다.

이러한 외모만으로도, 충분히 남다르다고 말할 수 있겠지만, 그것만이 두 호걸을 거느릴 수는 없다. 『삼국지』에 나오는 유비의 관한 표현은 「말이 적고, 항상 선하게 사람을 대하고, 기쁨과 노여움을 겉으로 드러내지 않는다」하여, 세 사람의 만남에는 관우와 장비의 역할이 컸다는 것을 의미하고 있어, 유비는 듣는 역할에 불과했다는 것일까. 생각해 보면, 오히려 이것이 유비를 세 사람 중 맏이로 하는데 주효했으리라 보여진다.

우두머리라 함은 묵묵히 아랫사람의 의견을 들어주는 풍모가 있어야 한다. 유비에게는 그러한 「大人」의 품격이 있었던 것은 아닐까.

유비가 태어난 고향을 정확히 말하자면, 하북성 탁현의 대수루상촌(桑村)으로 이 마을 이름에는 그러저러한 연유가 있다. 유비의 생가에 높이 5척 정도 되는 커다란 뽕나무가 있어 멀리서 보면, 마치 차의 덮개처럼 보였다. 어릴 적 유비는 일가의 아이들과 곧잘 놀았는데, 입버릇처럼

"나는 어른이 되면, 이런 깃털 장식으로 덮인 덮개가 있는 마차를 탈 테야."라고 말했다 한다. 유비가 말한 그런 마차란 천자만이 타는 마차이므로 그 말에 깜짝 놀란 숙부는

"그런 말을 함부로 입 밖에 내면 큰일난다. 사람들이 들으면 우리 일가는 모두 몰살을 당하고 말아."라고 주의를 주었다고 한다.

이 커다란 뽕나무는 그 위에 20명 이상의 아이가 설 수 있었다고 하며, 청나라 말기까지 그 그루터기가 남아 있었다고 동네의 한 촌로의 말이 전해진다.

이제는 아무것도 남아 있지 않지만, 이 생가의 흔적에서 서북에 40킬로미터 정도 가노라면 「루상묘촌」이라는 부락이 있는데, 여기에는 당나라 시대에 창건한 웅장한 소열제묘(유비를 모신 사당)가 있었다고 한다.

안타깝게도 예전에 일어난 문화 대혁명 때 파괴되어, 지금은 「삼

의당」이라는 그 「山門(산문)」과 명나라 시대의 비석 하나만이 덩그러니 남아 있을 뿐이다. 다시 창건한 이야기도 나오고 있지만 아직 구체화된 것은 없다.

장비. 관우. 유비
(연환화)

14. 자식을 120명이나 두었던 유비의 선조

유비는 하북성 탁군 탁현 태생으로 그 곳은 북경의 시가지에서 서북쪽으로 60킬로 정도 떨어진 농촌이다. 그의 조부는 탁현(현이란 지금의 군에 해당함)의 현령을 지낸 적도 있고, 부친도 관직에 있었다. 그러나 유비가 어렸을 때 죽고, 유비는 모친과 함께 짚을 짜거나, 짚신을 팔면서 생계를 꾸렸었다. 황건적의 난에서 관우, 장비와 함께 결의하기 전까지, 관직은 물론 직업도 갖고 있지 않았다.

조조(위)와 손건(오)이 모두 풍족한 집안에 태어나 자라난 것에 비하면, 유비는 맨주먹으로 자수성가한 인물이다.

그렇지만, 그는 「고귀한 피」를 이어받은 것을 항상 자랑으로 여기는 자부심이 강한 사나이였다.

그의 선조는 전한의 6대 황제인 경제의 아들인 유승으로 그는 경제의 뒤를 이은 무제의 형이며, 漢을 창시한 고조 유방이 그들 형제의 증조부이다.

유승은 지금의 하북성 남서부에 해당하는 중산국왕에 봉해졌다. 전한의 지방 정치는 기본적으로 진의 군현제를 답습하여, 군·현은 황제의 직할로서 중앙에서 파견한 관리가 다스리고 그 외에는 군과 동격인 국을 설치해, 황제의 일족을 왕으로 봉하여 다스리게 하였다. 그래서 전한의 지방 조직을 군국 제도라고 한다.

유승은 증조부를 닮아 주색을 좋아하고, 음악을 사랑하는 다정 다감한 호걸이었다. 한대의 역사서 「한서」에 의하면, 몇 명의 부인을 거느렸는지는 확실치 않으나, 120명의 아들을 두었을 정도로 굉장한 정력의 소유자였다고 한다.

1968년 중국이 「문화 대혁명」으로 혼란이 한창일 때, 하북성 보정시의 서북쪽에 있는 만성현에서 한나라 시대의 대규모 묘지가 발굴되었다. 이것은 구릉을 파낸 거대한 동굴인 입구에서 내부까지 40미터이고, 네 개의 방으로 나뉘어져 있었는데, 안에는 금루옥의 (옥을 얇게 자른 장방형의 작은 조각 2,498개를 금실로 짠 것)을 걸친 시신이 모셔져 있었다. 동시에 출토된 동인(銅印) 등에 의해, 이것이 기원전 113년에 죽은 유승의 묘로 판명되었다.

유승의 아들인 유정은 탁군의 제후로 봉해졌지만, 조정에 상납을 태만히 했다 하여 그 지위를 박탈당해, 이후로 유씨 가문은 그대로 토착했다고 한다.

유승의 죽음에서 유비의 탄생까지는 2백70여 년이라는 세월의 격차도 있고, 계도가 있는 것도 아니므로 사실인지 거짓인지 그 진의를 알 수는 없다. 다만, 유추해 보건대, 공자의 고향인 산동성 곡추라는 곳에도 공자의 자손이라고 칭하는 공씨 성을 가진 사람이 수십 만이나 있을 정도인데 하물며 270여 년의 세월이 지난 데다가, 120명이나 되는 아들을 둔 유승에게 유비가 수만의 자손 중의 한 사람이라는 것은 별로 이상한 일은 아니다.

여하튼 유비는 한나라 왕실의 혈통이라는 것을 최대한으로 이용했다. 쇠망한 한나라 왕실을 재건한다는 것이 그의 기치이었을 것이다. 후에, 그는 촉을 세워 그 제위에 오르지만, 그 자신은 어디까지나「한」의 이름을 내세웠기에, 후세의 사람들은 이 나라를「촉한」이라고 부른 것이다.

한대말의 '주작형 잔'
둥근 옥고리가 달린 봉황모양의 잔으로
두관황후의 화장용구로 추정.

15. 관우의 태어난 고향과 출신의 비밀

관우가 태어난 고향은 탁현에서 매우 떨어진 산서성 운성시의 해현이라는 곳이다. 자세히 말하자면, 황하가 협서성과 산서성의 경계를 따라 남쪽으로 흘러 내려오다 보면, 거의 직각으로 동쪽 방향으로 꺾어진 안쪽에 위치한 곳이다.

이 곳에는 수나라(6세기)의 창건되었다는 웅장한 관제묘(관우를 모시는 사당)가 있고, 그 곳에서 다시 동쪽으로 10킬로 정도 떨어진 곳에 상평촌이라는 곳이 관우의 고향이며, 소규모의 묘도 있다.

물론 관우가 여기서 의거하여 난동을 부리고 고향을 뛰쳐나갔지만, 이 묘도 후세 관우가 신으로 추대되었기 때문에 생긴 것이다.

그런데, 관우가 이 마을을 행방을 감춘 경위에 대해서는, 역사서에 기록된 바는 없고, 대신 여러 가지 전설이 있다.

관우가 악당인 소금장수를 죽이고, 집과 대지를 태우고 행방을 감추었다고 하는 이야기가 신빙성이 가장 많다. 여하튼 이 부근에 염전이 있어, 지금도 돌소금이 나는 산지이기 때문이다.

믿기 어려운 이야기도 있다.

그는 원래 관 씨가 아니었다. 젊었을 때는 안하무인으로 폭력을 휘둘러, 양친에 의하여 뒤꼍의 빈방에 갇혀 있었다.

어느 날 밤 창을 부수고 도망하던 중, 한 인가에서 딸과 노인이 슬프게 우는 소리가 들렸다. 들어가 물어 보니, 딸에게는 약혼자가 있었는데 대관(관직의 이름)의 의형이 그녀를 짝사랑하여, 그에게 그녀를 첩으로 달라고 생떼를 썼다. 그는 대관에게 호소했지만 오히려 심하게 매질을 당했다는 것이었다.

그 말을 들은 관우는 욱한 나머지, 관청에 뛰어들어가 대관과 그 의형을 살해하고 도망쳤다.

그는 자신이 살인자로 수배되어 곳곳에 방이 붙자, 고심하던 중 한 개울에서 얼굴을 닦고 보니 몰라 볼 정도로 얼굴이 붉게 변해 마치 다른 사람처럼 되어, 유유히 관문을 통과할 수 있었다. 이 때 문지기가 그의 성을 묻자, 돌연히 「관」이라고 대답해, 이후 이것을 실명으로 삼았다는 것이다.

중국의 경극을 보면, 악역인 조조는 하얗게 분장하고, 관우 등 선한 이의 얼굴을 새빨갛게 분장하고 있는데, 여기서 유래한 것이 아닐까 한다.

이 전설은 청대에 간행된 책에도 기록되어 있다고 한다.

관리를 죽이고 도망쳤기 때문에, 그 당시 가족이 무사할 리 만무였을 것이다. 가족은 성을 바꾸어 고향을 떠났고 그 곳에 남아 있는 자손은 없었다고 한다. 그러나 후에 관우의 선조를 비롯해 대대로 주인 부부를 기리는 가족묘가 세워져, 현지 사람들에 의해 극진하게 제사 지내져 왔으므로, 그야말로 관우의 인기는 대단한 것이다. 더욱이 해현의 관제 묘는 중국 전체를 통틀어 최대 규모로, 문화 대혁명에서도 예외적으로 피해를 입지 않았던 것 같다.

16. 황건적의 난이란 무엇인가

한나라 말기의 정세를 뒤흔들어 놓고, 깜짝할 사이에 소멸되어, 급기야 삼국에의 길을 연 황건적의 난이란 무엇이었는가.

후한 말기의 광화 7년(184년)에 머리에 황색 두건을 두른 농민 집단이 전국적으로 봉기하였다. 이것이 바로 「황건적의 난」으로서, 이 반란은 1년도 채 못되어 진압되었지만, 이 여운은 가시지 않고 산발적인 봉기가 전국 각지에서 연속적으로 일어나, 중앙 정권내의 대립 항쟁과 더불어 후한 제국의 붕괴를 이끄는 요인이 되었다.

중국의 농민들은 대체적으로 인내심 강하며 순종적이기도 했지만, 탄압에 대한 분노가 분출되면 걷잡을 수 없는 거대한 폭발로 이어진다. 그것은 가히 무시무시한 힘으로 이어져 마침내 한 정권을 무너뜨리는 파괴력을 지닌 것이었다. 혹독한 강압 정치의 아래서 먹을 것을 구하지 못한 가난한 농민들은 하나 둘씩 삼삼오오 무리를 지어 고향을 등지고 좀더 나은 곳을 향해 방랑을 시작했다. 그리하여 그들은 하나의 무리를 만들어 용암처럼 흘러 떠돌았다.

이윽고 이들은 스스로 지도자를 구하여 군대를 조직하여 지방 관리를 죽이고 도성을 공격하기에 이른다. 그래서 정권을 장악한 뒤 자신들의 지도자를 권력에 들어 앉히나, 그들 역시 권력을 자기 마음대로 휘둘러 농민들은 다시 핍박을 받는 악순환을 거듭하게 되고 그러한 농민들은 또다시 땅속으로 사라져 가는 것이다.

북경에서 경광선(항꾸를 거쳐 꽝쪼우로 향한다) 급행 열차를 타고 남쪽으로 약 400킬로(7~8시간 정도 걸림)를 가면 사태라는 도시에 도착하게 된다. 그 곳에서 다시 자동차로 동북쪽으로 약 60킬로 가다 보면 거록(巨鹿)이라는 시골 마을이 있다.

2세기경 후한 말기에 이 마을에 장각(?~18년)이라는 자가 「태평도」라는 신흥 종교 단체를 만들었는데 가난한 농민들에게 감흥을 받아 신도 수가 무려 수만을 넘었다 한다. 이 곳 거록에는 각지에서 도움을 얻고자 찾아오는 이들로 장사진을 이루었다.

그 중에는 아낙네들이 아기를 업고 찾아오다가 도중에 병에 걸려 죽은 이만도 수만 명에 이르렀다고 한다. 이것은 『후한서』의 기록으로 과장된 것이라 할 수 있지만 어쨌든 엄청난 것임에는 틀림없다.

「태평도」의 가르침에 따르면 인간들이 겪는 병이란 모두 하늘이 내린 형벌이므로, 병자는 먼저 자신의 죄를 참회하지 않으면 안 되며, 그리고 호부(일종의 부적)를 빠뜨린 영수(영험한 물)를 마시면 모든 병이 치유된다는 것이다.

1800년 이전의 일이라고 이것을 속임수나, 미신 따위로 몰아세워서는 안될 것이다. 현재도 점술이나 민간 신앙은 존재하기 때문에 …….

생각해 보면, 참회에는 카운셀링의 효과가 있어, 영수를 마심으로써 일종의 암시 치료의 효과를 거둘 수는 있었을 것이다.

이것만을 본다면 단순한 술사에 지나지 않겠으나, 장각이 설법한

「태평도」에는 원시불교의 평등 사상이 있었다. 이 경전에는 「함께 대책을 세워 함께 태평한 세상을 만든다」와 「재물을 모으는 데만 정신을 쏟아, 사람을 추위와 굶주림에서 돌보지 않는 것은 사람을 죽이는 것과 마찬가지이니 곧 죄가 된다」 등의 문구 등이 있어, 결과적으로 세상을 바로 잡음을 추구하고 있었던 것이다.

그 당시 정치는 썩을 데로 썩어, 환관과 황제의 외척간의 다툼도 극에 달아 있었다. 「태평도」에 구원의 손길을 구하고자 밀려든 것은 단지 병든 자만이 아니고 착취와 기아에 의한 생활고 때문에 고향을 버린 유민들이었다. 이러한 상태가 장각이 결의를 도모하는데 결정적 역할을 한 것이다. 그는 수십 만의 신도를 36의 「방(사교구)」을 조직해, 각각의 「방」에 지도자를 두고, 완전한 군대 체제를 구축해 나아갔다.

그러나, 전국 각지에서 일제히 봉기하기로 결정된 3월 5일 직전에 생각할 수 없는 사태가 일어났다. 수도인 낙양에 잠입해 있던 최고 간부 하나가 배반자의 밀고에 의해 체포되어, 낙양성 내의 신자 1천명과 함께 처형된 것이다.

이 때문에 2월에 7주 28군에서 봉기가 앞당겨지게 되었다. 그들은 모두 중앙 정부의 군대와 구별하기 위해서 머리에 황색 머리띠를 둘렀다 한다.

수 개월 동안은 황건군이 승세를 잡아, 한때는 수도 낙양까지 쳐들어갔으나 작전의 실패로 말미암아 형세는 역전되고 장각은 병으로 죽고, 그의 형제들도 전부 괴멸하고 만다.

이 황건군 진압을 명분으로 삼아 뜻을 같이한 무리들이 군사를 일으켜, 군웅 할거의 출발점이 된 것으로서, 이 중에 30세의 조조, 24세의 유비, 그리고 24세의 손견(손견의 아버지)도 있었다.

이때 제갈 공명은 겨우 4세의 아이였지만, 고향이 전쟁으로 황폐화된, 그 기억이 아이의 마음에 깊게 새겨져 있던 것이다.

황건적들이 관군을 밀어 붙이고 있다. (연환화)

동탁의 환란 ── 약탈 전쟁의 기운이 낙양에 퍼지다

당시 치솟던 환관의 세력을 견제하기 위해, 외척의 중진인 하진이 도성으로 끌어들인 동탁이었지만, 결과적으로 이것은 피에 굶주린 이리를 끌어들인 결과가 되었다. 쿠데타로 이어진 쿠데타. 그 직후에 도성을 제압한 서북의 승냥이. 이 환란의 경위와 이외의 결말은……

17. 후한 왕조의 파국을 몰고 온 환관과 외척의 대립

삼국 시대이라는 것은 엄밀히 따져 말하면, 조조의 아들 조비가 후한의 헌제로부터 직위를 양위 받아, 위를 건국한 이래, 삼국의 정립을 거쳐, 최후에 오가 멸망할 때까지 60년간을 말한다.

그렇지만, 조조가 활약하는 『삼국지』의 이야기는 거기에 앞서 40년 정도 앞서서 이미 시작되고 있다. 후한 왕조는 이미 황건적의 난 이후 몰락의 길을 걷고 있었다.

후한 왕조는 200년도 채 되지 않는 기간 중, 끊임없는 외척과 환관의 대립에 계속 골머리를 앓아왔다. 특히 이 폐해는 상당히 심각한 것이어서 쿠데타 소동을 일으키고, 이 결과로서 이리와 같은 동탁을 끌어들이게끔 되는 것이지만, 이 파국을 맞을 때까지는, 오랜 대립의 역사가 있었다.

중국의 역사에서는 환관의 폐해도 격심하지만, 외척의 폐해도 이것에 뒤지지 않는다. 빨라도 한 왕조의 초기, 창시자인 고조 유방이 죽은 후, 여태후가 실권을 잡아, 외척인 여씨 일족을 요직에 두루 앉혔다. 여태후가 죽은 후, 노장 신하들이 들고일어나 모조리 없애 버렸지만, 그 전까지는 여씨 일족의 횡포는 오래 존속되었던 것이다.

이에 따른, 외척들은 점점 번성해 그 세력을 떨쳤다.

이 경향은 후한에 이르러서도 현저히 두드러져 보 씨, 등 씨, 양 씨 등의 세상이 되었다. 외척과 환관의 유명한 대립사건은 급기야는, 4대째인 화제(재위 88~105년) 때에 일어났다.

화제는 열 살 되던 해에 즉위하였다. 당연히 정치적 실권은 어린 그의 모친인 보 태후와 그 오빠 보헌 등 외척의 손으로 돌아갔다. 화제는 성장하면서 실권을 되찾으려고 생각한 나머지, 환관인 정중과 은밀히 계획을 추진해, 마침내 보헌 일당을 추방했다. 이 공적으로 정중은 대신으로 승승 장구하여, 이후 환관의 세력은 급속히 확대되기에 이르렀다.

그리고 마침내는 황제 제위까지 개입한 환관까지 나타나기에 이르렀던 것이다.

환관에 대한 반발로 외척의 술책과 모략도 점점 심해지고, 양자의 싸움은 더욱 험악하기가 극에 달할 정도로 되어 갔다.

이러한 부패 속에서, 유학의 지식과 교양을 갖춘 사대부(중간 관료층을 중심으로 이루어진 지식인) 속에서 차츰 비판적인 세력이 나타나, 그 어지러움에 반대하여 「청류당」이 형성되었지만, 그 또한 대대적인 탄압을 받아, 약 100여 명의 사대부들이 사형에 처해지는 대대적인 숙청이 행해졌다. 이것을 일컬어 당고 사건(166·169)이라 한다.

황건적의 난이 일어난 것은 수십 년 후의 일이다.

황건적의 난이 한때 평정된 5년 후의 중평 6년(189) 마침내 궁중에서 커다란 사건이 발생했다. 이 해에 12대의 영제가 죽고 아들인 유변이 14세로 즉위했는데, 이를 소제라 한다. 소제가 어렸기로 당연히 어머니인 하황후가 황태후가 득세하여, 자신의 오빠인 하진을 제상·대장군으로 들어 앉혔다.

이때 궁중에서는 「십상시」라는 열 명의 환관들이 실권을 잡고 있어, 하진은 그들을 일망타진하기 위한 음모를 원소와 계획하여 일을 추진했다. 그리고는 지방의 병권을 쥐고 있던 동탁에게 군대를 이끌고 도성으로 밀고 오라고 지시하였다.

그렇지만 결단력과 추진력이 부족한 하진이 실행을 망설이는 동안 환관들은 이 은밀한 계획을 눈치채 버렸다.

어느 날 하진이 환관을 몰살하는 계획안 승인을 구하고자 여동생인 하태후를 찾아왔다. 이것을 몰래 엿들은 환관 하나가 퇴청해 돌아가는 하진을 불러 세우고는 암살해 버렸다.

환관에 대한 역 쿠데타가 성공한 것으로, 곧 궁성의 안과 밖은 금새 소용돌이로 휘말렸다.

낙양성의 자리. 현재는 **흙**으로 된 제방과 성벽의 잔해가
조금 남아있다.

위의 성벽근방에 있는 백마사 (중국최고〈最古〉의 불교사원).

18. 환관의 몰살과 동탁의 등장

대장군 하진의 암살은 즉시 환관 세력의 반대파의 반발을 불러, 하진의 직속 부하는 물론 원소, 원술도 군대를 이끌고 궁정에 난입하는 사건이 발생하였다.

원술의 군대는 오자마자 궁전에 불부터 질렀다.

그리고는 닥치는 대로 환관 대참살을 감행했다.

수염이 없는 자를 골라 환관으로 보이면 무조건 죽였다. 모든 환관은 노소를 막론하고 죽음을 당하고, 환관이 아닌 관리 중에는 「자발적으로 신고해, 그 화를 모면하기에 이른다」라고 후한서 하진전은 기술하고 있다. 증거로 성기를 꺼내어 환관이 아닌 것을 증명해야 겨우 벗어났던 것이다.

이 때 살해된 환관은 무려 2천여 명이나 달했다 하니 그 참혹함은 말로 형언하기 어려운 것이 아닐 수 없다.

이 사건은 『삼국지연의』에 소개되고 있다.

쫓기는 신세가 된 환관의 우두머리 장양과 단규는 소제와 남동생인 진류왕을 데리고, 낙양의 북문을 탈출해, 황하에 접어들었다. 낙양은 황하의 남쪽 해안 가까이 위치한 까닭에, 소제와 진류왕을 찾아 추격대가 쫓아오자, 환관들은 도망가지도 못하고 엉엉 울면서 연달아 황하에 몸을 던졌다.

그러나 때마침 왕윤이 파견한 하남 부윤 관리인 문헌이 죽을 뻔한 소제와 진류왕을 구출해, 낙양을 향해서 돌아오는 도중에 드디어 추격해 오던 중신들과 마주쳤다.

이 상황은 『삼국지』 동탁전에 붙어 있는 주기인 『한기』에 조금 다르게 나와 있다. 즉, 환관들이 황하에 몸을 던져 죽은 후에 14세(연령은 확실치 않음)인 소제와 9세의 진류왕 형제는 컴컴한 밤길을 헤치고 반디의 빛을 의지한 채 계속 수십 리 길을 걸어가다 한 농부의 수레를 얻어 타고 낙양으로 되돌아왔다고 한다.

어찌 되었건 간에, 이 때 소제를 맞은 중신들 틈에는 하진으로부터 상경을 재촉 받아, 낙양에 막 도착한 동탁이 섞여 있었다.

『삼국지』 동탁전에 의하면 동탁은 군대를 이끌고 환관들을 추격하다가, 소제를 맞이해 궁중에 귀환한 것으로 되어 있다.

소제는 동탁의 군대를 보고 무서워 울기 시작했다. 중신들이 "어전 앞이니, 군대를 되돌려라"라고 말하자, 동탁은 화를 내며 "너희들은 중신인 몸이면서, 왕실을 구해야 함에도, 나라를 엉망으로 만들어 버린 주제에 군대를 돌리라니 무슨 짓거리냐"하고 호통을 치고는 그대로 황제의 시중을 들면서 낙양으로 되돌아갔다고 한다.

가는 도중, 동탁은 소제에게 말을 걸었지만, 소제는 무서워 제대로 말을 하지 못했다. 그에 비해 남동생 진류왕은 동탁이 이것저것을 묻자, 사건의 전말에 대해 요령있게 대답했다. 동탁이 곧 소제를 폐하고 진류왕을 즉위시킨 것은, 이때의 일이 인상적이었기 때문일 것이다.

19. 폭군 동탁의 의외의 업적과 그 인물됨

동탁은 중국 역사상 손꼽힐 만큼 폭군·무법자의 대명사로 알려져 있지만, 청년시대 그에게 따라다니는 일화는 의외로 그가 아주 뛰어난 무인이었다는 것을 증명하고 있다.

그는 롱서군 임조(지금의 감숙성 민현, 실크로드의 남쪽에 있어 중국의 대서북이라는 변경지대임) 사람이다. 이 일대는 옛날부터, 흉노족 등 말타기 좋아하는 부족과 한족이 뒤섞여, 중원은 물론 관중 지방과도 다른 독특한 풍속을 지니고 있었다.

지방 관리를 역임한 아버지 아래서 태어난 동탁은 젊었을 때부터 부족 속에 들어가 촌장 무리들과 어울리게 되었다. 그러던 어느 날, 부족의 촌장들이 방문해 온 그에게 밭을 일구는 소까지 잡아서 융숭한 대접을 했다. 감명을 받은 그는, 본국에 되돌아가 수천 마리의 가축을 그들이 있는 곳으로 보내 주었다. 이 일로 인하여 동탁의 명성은 지방 곳곳에 알려지게 되었다는 것이다.

그후, 롱서군의 관리로 등용된 그는 오랑캐가 침입하여 주민들을 마구 끌고 가자, 그 오랑캐들을 끝까지 추격하여 쳐부시는 용맹을 과시하였다.

그리고 이윽고 중앙에서 추천되어 근위대의 장교로 발탁되어 공적을 올려서, 시종무관으로 등용되기에 이르고 또한 공로로 비단 9천 필을 하사 받았다. 그렇지만 그는 "물론 나로 인한 것이기는 하나, 그 성과는 그대들이 받아야 하는 것이다"라고 말하고는, 아낌없이 모조리 자신의 부하들에게 나누어 주었다.

그 후 황건적의 난이 이를 때까지 약 20년간, 그는 광무현 지사, 촉군경비사령관, 병주차사, 하동태수 등을 역임했다.

이 사이에 오랑캐들을 상대로 전쟁은 무려 백여 회를 치러 그는 이미 서북 지방의 소수 이민족 대책의 달인이 되었던 것이다.

한때 황건적의 난에서 패배를 맛보아 일시적이나마 파면은 되었지만, 그 후에 서북지방에서 오랑캐들의 반란이 일어나기에 이르자 그는 최고 사령관인 장온의 수하로 근위부대 사령으로 복귀해 토벌에 출동했다.

그때, 동탁의 군대는 계곡을 등지고 적에 포위되어 도망갈 곳을 잃어 진퇴 양난의 기로에 서 있었다. 그는 물고기를 잡는 척 가장하고는 냇물을 막아, 물이 수천 리에 걸쳐서 두절시킨 곳에 비밀히 병사를 탈출시켜 전군이 건너는 끝지점에서 제방을 끊어 놓았다.

이윽고 이를 포착한 적들이 추격해 왔을 때는, 강은 이미 넘쳐흘러 건널 수 없게 되었다.

이를 계기로 동탁은 장군으로 승진하게 된다.

하진이 환관을 주멸하기 위해 동탁을 도성으로 끌어들인 것은 그의 이와 같은 빛나는 전과가 있었기 때문이다.

20. 수도 낙양을 불바다로 만든 동탁의 횡포

도성으로 올라가는 것을 「상락(上洛)」이라고 하는, 이 말은 「낙양으로 올라간다」에서 나온 말이다.

실력자로서 상락한 동탁의 그 이후에 나타난 행동은, 그때까지 잔존해 빛나고 있던 동탁이라는 인물상은 사라지고 피에 굶주린 들개로 변해만 갔다.

먼저 그는 극히 교활한 선수를 쳤다. 처음 그와 함께 낙양에 입성한 병력은, 불과 3천에 지나지 않았으나, 그는 이 부대를 밤에 빼돌려 성밖으로 옮기고 다음 날 다시 깃발과 나팔 등을 동원해 마치 새로 입성하는 군대인 것처럼 도성으로 재입성 시켰다. 이렇게 해서 며칠을 되풀이해서 「또, 또 서의 변경군이 도착했다」라는 소문을 퍼뜨리도록 조장하였다.

이렇게 해서 동탁은 자신이 가지고 있던 실력 그 이상으로 보여, 커다란 영향력을 행사할 수 있었던 것이다.

게다가 수도 헌병대사령관 급인 정원의 심복 여포를 구워 삶아 정원을 살해하게 한 다음 그 군대를 수중에 넣었다.

그런 다음 동탁은 대담하게도 천자 교체를 강행했다. 자신의 권력을 과시하기 저의가 숨겨져 있었음에 틀림없었다.

여러 신하들의 무수한 반대에도 불구하고 그는 하황후를 협박해서, 그 입에서 소제의 폐위를 제안하도록 시켜, 진류왕을 즉위시켰다. 그가 바로 나중에 조조에게 갖은 협박을 당하는 비극의 주인공 헌제인 것이다. 연이어 동탁은 하황후도 독살해 버렸다. 그리고 자신은 명실 공히 군사부문의 최고권력을 갖은 태위로 부임했다.

그는 자신의 수하들과 병사들을 만족시키기 위해서 낙양에 사는 귀족들이나 부유층의 저택에 대하여 가택 침입의 자유를 주어 마음대로 금은 재화를 빼앗고 부녀자들을 범할 수 있도록 허락하였다. 그것도 모자라 또 동탁은 갓 매장한 영제의 묘를 파서 진귀한 부장품을 도굴하였다. 황제의 딸인 공주들이 폭행을 당하기도 하고, 궁중의 여자 내관이 백주에 봉변을 당하는 것은 일상 다반사가 되었던 것이다. 그리하여 낙양은 그야말로 귀신나오는 공포의 도성으로 전락하였다.

동탁은 한편으로 그전에 환관의 압정 아래에서 실각한 사람들을 등용해, 자신의 권력을 강화하려고 했으나, 심지가 곧은 그들은 응하지 않았다. 때문에 원소·원술·조조의 유력한 장군들은 도성을 떠나, 동부에는 반동탁 연합군이 결성되기에 이르렀다.

동탁은 대범하게도 장안으로의 천도를 결행하였다. 게다가 낙양의 백성 수백만 명을 강제적으로 이주시켰다. 그것도 모자라 군대를 동원시켜 성밖을 포함한 광범한 지역에 있는 모든 집들을 모조리 태워 버렸다. 민가는 물론 궁궐과 영묘에 이르기까지 모조리 태워 버려, 낙양은 폐허가 되었다.

게다가 동탁은 여포에게 명하여 역대 황제의 능과 유력한 귀족의 묘를 도굴해 수많은 부장품들을 강탈하게 하였다.

동탁 자신은 「태사」라는 최고의 지위에 군림하고, 일족들을 우선 등용시켜 요직에 두루 앉히고 아직 15세도 채 되지 않은 어린 손자와 손녀까지 양위군에 봉하여 영지를 주는 등 성대한 취임식까지 행하였던 것이다.

동탁이 잔인하게 백성을 괴롭히고 있다. (연환계 벽화)

21. 동탁 살해에 성공한 "연환의 계"의 허와 실

동탁의 횡포에 종지부를 찍은 것은 명문가 출신으로 사도라는 높은 벼슬을 한 왕윤이다. 그는 동탁이 강행한 장안 천도에 협력해서 그 실무를 책임지고 관리하여 동탁의 신임을 얻고 있었던 터라 은밀히 동탁 주살의 계획을 착착 실행하고 있었다. 『삼국지연의』는, 왕윤이 동탁의 주살에 성공하기까지의 과정을 상세히 기술하고 있다.

그가 주목한 것은 동탁의 심복인 여포였다.

유비·관우·장비의 군과 맞서, 돌아다니면서 전쟁도 치르고, 동탁의 명령이라면 약탈도 서슴지 않았던 여포는 의로 맺어진 부자로 소문나 있었지만, 왕윤은 이를 주목했다.

왕윤은 어릴 적 소리꾼으로 들어 와 자기 집에서 성장한 미녀 초선을 여포에게 소개하여 준다. 초선을 보자 한 눈에 반한 여포에게 그녀를 소실로 준다는 약속까지 하고 길일을 택하여 보내기로 한다.

이렇게 하고도, 한편으로 왕윤은 동탁을 자기 집에 초대하여, 초선을 소개시킨다. 동탁 또한 초선을 보고 침을 흘리자 그런 동탁에게 초선을 헌상해 버린다.

왕윤을 아버지로 모시고 따랐던 초선은 기꺼이 왕윤의 생각을 헤아리고 동탁과 여포와의 사이를 이간한다. 몰래 여포를 만난 초선은 동탁이 자신을 강제적으로 빼앗으려 했다고 하염없는 눈물로 호소한다.

여포는 이제껏 자신이 아버지 이상으로 섬겨왔던 동탁이 강제로 자신이 아끼는 첩을 범하려 했다는 것에 발끈해 돌아버려 동탁을 살해하기에 이른 것이다.

이것을 "連環計(연환의 계)"라고 한다. 고리를 연결해서 적을 속이는 계략이다(실은 『삼국지연의』에는 다른 하나의 "연환의 계"가 나온다. 이것은 적벽에서 적의 배를 서로 이어서 움직일 수 없게 만든 계략으로 여기에서 말하는 "연환의 계"와는 다르다).

여포가 왕윤의 계략으로, 동탁을 죽인 것은 사실이지만 "연환의 계"는 꾸민 이야기이다.

단지 『삼국지』 여포전에 의하면, 여포는 연달아 동탁의 시녀와 몰래 정을 통하고 있었는데 동탁에게 발각될까 두려워 매일 벌벌 떨고 있었다고 한다. 『삼국지연의』의 저자는 이 사실을 나름대로 꾸며서 "연환의 계"라는 이야기를 창작해 냈던 것이다. 그래서 사실은 아니지만, 완전히 허무 맹랑한 것은 아니다. 여하튼 사실을 재료로서 이야기를 재미있게 꾸민 『삼국지연의』의 이와 같은 솜씨에는 감탄할 수밖에 없다.

이리하여 어쨌든 그 대단한 폭군 동탁은 죽었다.

이 소식을 듣고, 모든 백성들은 길거리로 뛰어나와서 일제히 만세를 불렀다.

장안은 온통 흥분의 도가니가 되어, 술과 고기가 날개 돋친 듯이 팔려 나갔다.

비약된 이야기 같지만, 1976년 중국에서는, 문화 혁명을 추진
해 온 『사인방』이 체포되었을 때, 북경 시내의 술이 품절되었다고
한다.

여포

(뒷모습)

(앞모습)

관도의 싸움 —— 작은 것이 큰 것을 제압한 싸움의 전형

역사가 사람을 만들고, 사람이 역사를 만든다. 동탁이 죽은 이후 군웅이 할거하는 속에서 최고의 실력자는 원소였지만, 관도의 싸움에서 패배한 그는 역사의 뒤안길로 사라져 간다. 그리고 승자인 조조가 그 대신 최고의 실력자로 부상하고……

22. 황하를 사이에 두고 맞서는 원소·조조 두 영웅

동탁의 사후, 천하의 정치 세력 구도는 크게 변화해 갔다.

동탁이 죽은 지 7년째인 건안 4년(199), 관도의 싸움이 시작될 때의 상태는, 황하를 사이에 두고 원소·조조 두 영웅의 대치가 두드러졌다.

원소는 황하 이북, 지금으로 말하면 하북·산동·산서·요녕의 각 성을, 조조는 하남·안휘·강소의 각 성을 지배하에 두고 있었다.

원소는 4대나 계속 이어 온 명문의 출신으로 이미 영제 때, 도성의 경찰 총감으로 부임하고 있었다. 대장군인 하진의 신임을 받은 원소는 하진이 환관에 의해서 암살되자, 궁중을 쳐들어가 환관 모두를 살해하였다.

그 뒤, 낙양에 입성한 동탁이 갖은 횡포를 부리자, 북방으로 탈출하여 반동탁 연합군의 맹주가 되어, 황하 이북에 단단히 지반을 구축한 것이다.

원소는 당당한 풍모로 인망도 깊었지만, 태생이 좋은 데서 나약함이 있었다. 또한 자기 과신이 지나치고 결단력이 부족한 경향도 있어, 장안에서 도망쳐 온 헌제를 옹립하는 것에는 조조에게 기선을 제압당해 버린다.

한편, 조조의 가계(家系)는 좀 색다르다. 아버지 조숭이 권세 있는 환관인 조천의 양자가 되어, 그때 당시 비일 비재하게 성했던 매관(관직을 파는 관리)으로 대장대신의 지위에 있었다. 이 때문에, 조조는 항상 『환관의 손자』라는 불명예스러운 딱지가 붙어 다녔다.

조조는 젊어서 현의 지사 등을 역임했지만, 두뇌의 회전이 빨라, 제멋대로인 삶의 방식을 신조로 했기 때문에, 세상으로부터 그다지 평가되지 못하고,「평화시에는 능한 관리이나, 난세에는 간웅이 될 것이다」라는 비판을 받기도 했다.

드디어 그는 수도 경비사령관이 되어 동탁에게 발탁될 즈음 빠져나와, 동탁에게 반기를 들고 군사를 일으켰다. 황건적의 잔당을 평정하여 자기의 수하로 끌어들여 군사력을 증강하였던 것인데, 그를 결정적으로 밀어 올렸던 것은 동탁 사후의 혼란으로 장안에서 낙양으로 도망쳐 온 헌제를 재빠르게 옹립했던 것에 있다.

그는 허창을 수로로 삼아, 천자의 이름으로 호령하는 우위에 섰던 것이다.

건안 5년(200). 동승과 그의 무리들이 헌제의 밀칙을 하사받아, 조조 암살을 음모하지만, 이것을 미리 간파한 조조는 동승과 그 일당을 일망 타진해, 오히려 입장을 강화하는 전과를 올렸다.

이와 관련하여, 유비도 이 암살계획에 연루하였지만, 발각되기 직전에 원정을 떠나, 화를 면했다. 또한 원소와의 싸움에 앞장서, 조조는 유비의 군대를 토벌하여 패배시켜, 관우를 포로로 잡았다. 조조는 관우를 후대해, 어떻게 해서든 자기의 수하를 만들려고 갖은 애를 쓰지만, 관우는 그저 조조의 후대에 감사하는 표시로 공을 세우고는 다시 유비를 찾아 나선다.

백마의 전투장.

조조가 사용했던 군사들의 우물.

23. 조조의 기동력과 뛰어난 통찰력

건안 5년(200) 2월 원소는 10만 대군을 이끌고 조조를 토벌하기 위하여, 제일 먼저 황하 북안의 여양을 전진 기지로 삼았다.

그에 대하여 조조의 병력은 겨우 3만에 지나지 않아 극히 불리한 상황이었다.

이어 조조는 관도 성에 진을 치고, 황하 남안의 백마성은 동군의 태수 유연에게 지키게 했다.

원소는 부하 안량이 이끌고 있는 부대를 먼저 강을 건너게 하고, 백마성을 포위해 공격시켰다.

조조는 몸소 나아가 구원하려고 했지만 참모인 순유가 진언을 했다.

"현재의 상황은 우리 군의 병력이 적어, 정면으로 대항할 수 없습니다. 이곳은, 적의 세력을 차단해야만 합니다. 어떻겠습니까. 장군께서는 앞쪽의 연진에 군사를 전진시켜서, 황하를 건너서 적의 배후를 움직이게 가장하십시오. 그러면 원소는 반드시 이에 대항하기 위해서, 서쪽으로 전진할 것입니다. 그래만 준다면 우리는 얇은 차림의 기동 부대로 백마를 포위한 적을 급습해 적의 허를 찌르는 것입니다. 뜻만 따라주면 안량을 생포할 수 있을 것입니다."

조조는 순순히 이 계책에 따랐다.

조조군이 강을 건넜다는 급보에 접하여, 원소는 군대를 두 개의 진으로 나누어, 주력 부대는 황하의 북안을 따라서 연진의 대안으로 향하게 했다.

조조는 몸소 정예 부대를 인솔하고 급히 백마로 향한다. 선봉을 나선 것은 놀랍게도 관우였다. 관우는 유비군이 조조에 패했을 때, 포로가 되었지만, 조조에게 융숭한 대접을 받았기 때문에 그 은혜에 보답한 후에 물러나려고 생각하고 있었다. 관우는 장료와 함께 분전해, 안량과 맞서 싸우다가 끝내는 안량을 참살한 것이다.

이렇게 해서 백마의 포위를 풀은 조조는, 급히 서쪽으로 철수해 원소가 군을 몰고 올 것에 대비하였다.

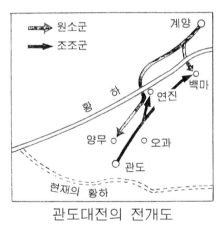
관도대전의 전개도

몇 번에 걸친 싸움은 조조의 승리로 끝났다.

이윽고 원소는 전군에 진격 명령을 내리고, 일제히 강을 건너도록 명령하였다. 그러나 참모인 저수는 좀더 신중하게 정찰을 해야 한다고 주장하였는데 원소는 그의 의견은 묵살해 버린 것이다.

원소군의 추격을 받은 조조군은 중대를 포기했다. 원소군의 선봉인 문추의 부대는 곧바로 밀고 쳐들어왔다.

적당한 때를 기다리고 있던 조조는 겨우 6백에도 못 미치는 기병으로 급습하여 문추의 선봉 부대를 산산이 깨뜨리고 문추를 참살하는 대전과를 올렸다.

　따라서 유명한 원소의 무장 둘을 깨뜨린 조조군의 사기는 하늘을 찌를 듯 높아만 갔다.

원소(상상도)

24. 관도의 공방전에 잇달아 투입된 조조군의 신병기

조조가 여러 전투에서 승리를 거두었다고는 하지만 대부분 요행이 따른 승리이고 보니 결정적인 승리라고는 할 수 없다. 조조는 관도 성에 물러나 지키고 있었다.

원소는 관도의 서북 양무에 진을 차렸다.

이때 원소의 진영에서는 참모 저수가 덧붙여 진언을 하고 있다.

"우리 군의 병력은 그들보다 우위에 있습니다. 그러나 용맹에 있어 그들을 따르지 못합니다. 허나 그들은 식량이 부족하고 물량도 우리보다 빈약합니다. 따라서 즉결 전은 그들에게 있어서 유리하고, 지구전은 우리에게 유리합니다. 그러므로 적이 다할 때까지 가만히 침착하게 기다리고 있는 것이 상책일 것입니다."

그렇지만 원소는 저수의 말에 귀를 기울이려 하지 않고, 진영을 연달아 전진시키고, 관도까지 나아가 결전을 청했다.

이번에는 막료인 허유가 원소에게 진원을 했다.

"여기서 조조와 전투를 벌여서는 안됩니다. 우리 쪽의 여러 군대를 여러 개로 쪼개어 적을 움직이지 못하게 하는 한편, 다른 길로 적의 도성인 허도를 급습해 천자를 우리 쪽으로 맞이하는 것입니다. 그리하면 우리 쪽은 대의가 서므로, 싸움의 앞길은 명확하게 됩니다."

그렇지만 원소는 무엇에라도 홀렸는지 전혀 들으려 하지 않고 "여하튼 관도를 공략해야 한다"는 말만 되풀이했다. 그런 원소를 보고 허유는 땅을 치며 물러났다.

조조의 군대는 이 때 일만으로 나뉜 데다가 그때 이할 내지 삼할이 부상당하고 있는 상태였다.

원소의 군은 토산을 만들고, 그 위에 구름 사다리와 다락을 만들어 궁수들에게 화살 비를 내리게 시켰다. 처음에 조조 측은 오로지 수동적으로 일관하다가, 밤새 「발석거(發石車)」 수백 대를 만들어, 영채 이곳저곳에 감추어 두었다가 이것으로 적의 망루를 파괴하였다. 원소의 군들은 이 발석거를 보면 벼락의 힘을 지녔다 하여 일명 「벽력거(霹靂車)」라고 부르며 두려워했다. 이 새로운 병기는 조조군의 사기를 크게 고무시켰던 것이었다.

잇달아 원소의 군대는 지하도를 파고 돌진해 조조의 본영을 습격하려고 했다. 이것을 감지한 조조 측은 성의 안쪽에 길게 굴을 만들어, 적의 지하도에 물을 부어서 대항했다.

이렇듯 격전이 계속되고 있을 무렵, 원래 황건적의 무장 유벽 등이 자기 편을 배반하고 원소에게 달라붙어 남쪽의 허도를 넘보았다. 이에 원소는 유비를 보내서 반란을 부채질하였다.

허도 부근의 정세는 긴박했다.

조조의 종형제인 조인이 기마병을 이끌고 유비를 토벌하고자 나선다. 유비의 부대는 원소의 군에서 급조된 것이기 때문에, 응집력이나 단결심은 없었다. 그래서 유비는 곧 퇴각해 버린다. 관우가 유비에게 되돌아온 것은 이 무렵이었다.

25. 허유의 배반으로 승리의 여신은 조조군에

세력이 약해진 조조는 허도를 지키는 순욱에게 「항복해야 하는 지」를 물었다. 이에 대하여 순욱은 "원소는 대군을 관도에 집결시켜서, 우리 주공과 승패를 할 작정인가 봅니다. 이 강력한 세력에 비해 우리는 나약하기가 그지없습니다. 만일 여기서 상대를 두들기지 않으면, 적에게 당하고 맙니다. 지금은 천하를 분할할 수 있는 중요한 시기입니다. 무릇 원소는 범상한 영웅에 지나지 않아, 사람을 다루거나 가려 사용하는 인물이 못됩니다. 거기에 비해 주공께서는 영명하시고, 천자를 받들어 모시고 있다는 대의 명분이 있습니다. 어째서 성공하지 않을 수 있겠습니까?"라는 격려의 회답을 써서 보내왔다.

조조는 이 진언에 따랐다.

이후 양군의 공방은 가속되어 양자 모두 피로의 색만 더욱 짙어만 갔다.

이러한 때에, 원소의 군의 참모인 허유가 조조의 진영으로 투항해 왔다. 그는 작전의 개시 이전부터 원소에게 바른 진언을 되풀이해 왔으나, 하나도 받아들여지는 적이 없자, 불만이 쌓이다 못해 그만 투항을 결심한 것이었다.

허유가 투항해 왔다는 소식을 접한 조조는 희색이 만면한 얼굴로 맨발로 뛰어나와 그를 맞이하였다. 조조는 허유의 손을 덥석 쥐고는

"잘 오셨소이다. 귀한 몸이 오셨으니 우리의 승리임에 틀림이 없습니다."

그러자 자리를 잡은 허유는 조조에게 그 까닭을 물었는데 이 때 두 사람은 재미있는 문답을 나눈다.

"원소의 군은 매우 강력합니다. 어떻게 대항하실 작정이온지요. 또 식량은 어찌합니까?"

"아직 1년은 버틸 수 있소."

"설마요. 진실을 말씀해 주십시오."

"반년은 괜찮소이다."

"원소를 이길 계책이 없다는 말씀입니까? 어째서 제게 거짓을 말씀하십니까?"

"헛헛헛, 미안하오. 방금 전의 말은 농담이외다. 실은 한 달 분밖에 없소. 그러니 어떻게 하면 좋겠소?"

그런 조조의 솔직한 대답에 비로소 허유는 원소의 중대한 기밀을 털어놓았다. 그것은 바로 관도의 북서 40리 떨어진 조소 땅에 원소의 식량 운반차가 집결하고 있다는 정보였다. 조조의 부하 중에는 허유가 한 말을 신뢰할 수 없다는 사람도 있었으나, 조조는 어떠한 의심도 품지 않고, 스스로 지휘하여 조소를 습격하였다.

뜻하지 않게도 전국은 일시에 변화의 소용돌이에 휘말렸다. 조소의 수비대는 여지없이 조조군에 짓밟혀 있었다. 원소는 부랴부랴

구원병을 파견했지만, 때는 이미 늦어 원소의 본진도 전부 붕괴되었다. 호되게 두들겨 맞은 원소는 황하의 너머로 도망치기에 이른다.

그 후로 퇴색해 버린 원소는 2년 후에 병사하고 만다.

원소(목각화)

26. 관도의 싸움에서 조조가 승리한 이유

관도의 싸움은 사상 초유로 「소수의 병력으로 다수를 이겼다」라는 실례의 하나로 들 수 있다.

그럼 과연 어떻게 소수의 조조군이 다수의 원소 군을 이겼던 것일까.

크게 말해서 2개의 이유를 생각할 수 있다.

첫째는 용병술이다.

「손자의 병법」에 이렇게 있다.

―― 우리는 오로지 하나인 적은 나뉘어 십이 되면 이십을 갖고, 그 하나를 공격한다. 즉 우리는 대중으로 하고 적은 적게 한다(『손자』 허실론).

이쪽이 하나로 응집하고 적이 십으로 분산한다고 했을 때, 십의 힘으로 하나의 힘을 공격하게 된다. 결국 소수의 병력이라도 이쪽이 다수이고 적은 소수가 된다라는 것이다.

병력의 강약은 절대적인 것이 아닌, 응집해 있는가와 분산되어 있는가에 따른 것이다. 조조는 백마에서 상대를 분산시켜 집중적으로 공격한 것이다.

두 번째는 상위 지도자의 인간성이다. 부하의 진언을 진지하게 받아들인 조조가 승리하고, 부하의 진언에 귀를 기울이지 않았던 원소가 패했다는 것이다. 조조는 자신을 믿는 편이고 독자적인 생각을 지니고 있었지만, 곧잘 부하의 의견을 경청하는 그릇을 갖고 있었다. 이것에 비해서, 원소는 부하의 재능을 살리기는커녕 계속 무시했기에, 배반을 당했던 것이다.

조조의 유력한 참모인 순욱이 조조와 원소를 비교하고 있는 것을 살펴보자. (『삼국지』 순욱전)

1. 원소는 자못 관대한 것처럼 보이지만, 실은 의심이 많아 부하에게 일을 맡기면서, 부하를 신용하고 있지 않다. 조조는 활달해서 구애되는 것이 없고, 부하를 적재 적소에서 전부 활용할 수 있는 능력이 있다.

2. 원소는 우유 부단한 성격으로 분명치 않으며 항상 좋은 기회를 놓치고 있다. 반면 조조는 결단력이 있고 두뇌의 회전과 움직임도 빠르다.

3. 원소는 관리가 허술하고, 명령이 불확실하다. 조조는 명령이 명확하고 신상 필벌 또한 명확하다.

4. 원소는 명문이라는 것을 내세워, 교양을 과시하고 평판에 신경을 쓴다. 조조는 탁 털어놓고 이야기하는 편이라 마음에도 없는 사례 등은 말하지 않는다.

이상은 관도의 싸움에 앞서 순욱이 주군인 조조에게 이러한 비교의 글을 올려, 한쪽의 편을 들어 준 것은 부정하기 어렵지만, 지도자의 인간성에 관하여 두 개의 전형을 나타내고 있어, 보편성이 있는 비교론이라 말할 수 있을 것이다.

조조 종족 묘군

삼고 초려(三顧草廬) —— 유비와 제갈공명의 운명적인 만남

조조에게 쫓긴 유비는 형주 목사 유표에게 몸을 의탁하고, 41세부터 48세 때까지 자복을 부득이하게 되었다. 그렇지만 이 사이에 제갈공명이라는 지혜덩어리를 산하에 둘 수 있어, 중원제패에 커다란 한 걸음을 내딛게 된다.

27. 비육지탄(髀肉之嘆)의 유래와 유비의 본심

「비육」이라는 원래의 뜻은 허벅지의 살이다. "비육지탄"이란, 자기의 재능을 인정받을 만한 기회가 없는 것을 한탄하는 것을 말한다. 비육지탄이 어째서 그러한 의미가 되었을까.

이 말은 유비가 조조에게 몰려 쫓기다가 형주로 흘러들어가 그곳의 주인인 유표에게 의탁하여 「임거」하고 있을 때에 파생된 것이다.

유표의 거주지였던 양양의 고도.

형주는 중원에서 떨어진 무풍 지대로 이 유표라는 인물도 정치적인 야심이 없었다. 그러나 전란으로 피폐해진 중원과는 달랐기 때문에, 전란을 피해 형주

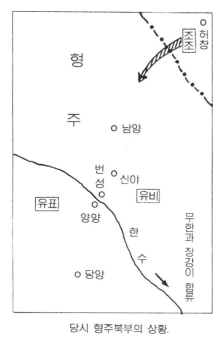

당시 형주북부의 상황.

로 피신한 사람들 또한 적지 않았다. 유비는 조조에게 쫓겨 몸을 의탁했다고는 하나, 이름난 무장이다. 게다가 유표에 있어서는 함께 한 왕실의 피를 나눈 같은 성씨이다. 중국도 고대 씨족 제도가 남아 있어 같은 성씨라는 것은 항상 중시되어 동성끼리는 혼인하지 않는다는 금기가 우리와 비슷하다.

유표는 자기의 거처하는 성에서 형주의 정부 청사가 있어 양양에서 북쪽으로 60킬로 정도 지점에 있는 신야현의 성을 유비로 하여금 다스리게 하였다.

1년이 지나고 2년, 3년의 세월이 흘렀다.

어느 날 유비는 유표의 관에 초대되어서 잡담을 즐기고 있었다. 잠시 측간을 갔다 오던 유비의 눈가에 눈물이 맺혀 있음을 보고 유표는 괴이쩍어 "자네 어쩐 일인가?"하고 묻자 유비는 탄식하며 이렇게 말했다.

"아닙니다. 부끄럽게도 폐를 끼쳤습니다. 실은 제가 이전에는 말을 타고 전장을 누비느라 이 허벅지에 군살이 붙지 않았건만, 지금은 이렇게 하는 일없이 빈둥거리며 밥만 축내고 덧없이 나이만 먹어가고 있습니다. 오늘 문득 이렇게 군살이 붙어버린 이 허벅지를 보니 그만 저도 모르게…"

이것이 바로 넓적다리에 살이 붙음을 한탄한다는 비육지탄의 고
사이다.

『삼국지연의』는 이 사화의 전후에 실제임으로 과장하여 재미있
는 이야기로 만든 것이다

유표가 "조조조차도 한 걸음 양보하는 자네가 무엇을 걱정하는
가"하고 달래자 유비는

"기반만 있다면 천하의 하찮은 무리들은 안중에도 없소이다!"
하고 무심코 속내를 드러내었다. 유표가 얼굴이 굳어지며 말이 없자
유비는 실수를 깨닫고 한층 취한 체하며 자리를 떠났다.

유표(상상도)

28. 유표에게 몸을 의탁한 유비의 약점은 무엇인가

유비는 24세 무렵 입지를 세워 결의하고 나서, 20여 년 사이, 관우·장비와 더불어 중원의 각지를 전전하며 싸웠다.

점차 그의 용맹이 알려지면서 서주 목사 도겸과 같이 후사를 의탁해 준 인물까지 있었다.

황건적 토벌의 공적에 의해, 현의 치안 담당 부지사도 되었고, 지사, 대장 군막료, 평원 왕국의 대관 예주목, 서주목 등 빛나는 직무도 맡았다.

그렇지만, 불안정한 자리임에는 틀림없었다.

유력자에게 발탁되어 등용하는 동안은 좋았지만 정치 정세에 변화가 따르면 그것으로 끝장인 것이다. 지금도 이렇게 형주에서 유표에 몸을 의탁했지만, 생각해 보면, 단지 말단 제후에 지나지 않는다.

원소와 조조에게는 가문이 있다. 무력만이 아니다.

유비는 한 왕조의 혈통을 이어받았다고 한다.

전하는 말에 의하면, 유비의 선조는 기원전 113년에 몰락한 전한 무제의 서자인 중산왕 유승이라고 한다. 1968년 하북성 만성현에서 유승의 묘가 발굴된 적이 있다. 유비의 아버지는 현령까지 된 사람이지만, 유비의 어렸을 적 사망해 일가는 짚신을 팔고 짚을 짜서 생활을 했다고 한다. 그런 면에서 유비가 드높은 자부심을 갖고 있었던 것은 틀림이 없다.

그것만으로도 큰 힘으로 작용해 한편으로는 영웅이라고 불리게 되면서 확고한 근거지 하나없이 천하를 떠돌고 있는 형편이지만, 남에게 동정을 살 일은 아니라는 것을 유비는 알고 있었다.

유표의 비호 아래 신야 현에서 살아온 수십 년간 그는 드디어 자신의 중대한 결함을 깨달았던 것이다.

그것은 전략의 결여였다.

다시 말해서 그의 곁에는 명석한 참모가 없다는 것이다.

결의 이후 아우인 관우와 장비는 확실히 더없이 용맹한 전투의 용사이다. 그렇지만 유감스럽게도 전략을 세워 명확한 목표를 향해서 유효 적절한 싸움을 하는 능력은 없다.

옛날부터 패업을 성취한 군주에게는 반드시 명참모가 있었다. 아주 먼 옛날 주왕조를 창건한 무왕에게는 동생 주공단이 있었고, 또 태공망 여상이 있었다. 전한 왕조를 수립한 고조 유방에게는 소하와 진평이 있었다. 머리를 쓰는 전략을 빼놓을 수가 없는 것이다. 그런 유비 자신에게는 이것이 없었던 것이다.

이미 50줄을 바라보는 유비에 있어서 참모를 바라는 것은 아주 절실한 것이었다.

그러한 때, 유비는 젊은 제갈공명과 같은 존재가 필요했던 것이다.

29. "삼고 초려"와 "천하 삼분지계(天下三分之計)"의 의미

호북성 양번시의 옛날 양양 현 성에서 서쪽으로 15킬로 정도 간 곳에 융중산이라는 작은 산이 있다. 이 산기슭에는 유비에게 초대되기까지 제갈공명이 살고 있었다는 유적이 있다.

물론 그가 살았다는 1800년 전 당시의 초가집은 온데간데없지만 「그가 갈았던 밭」「책을 읽었던 장소」 등은 그럴듯한 명소로 이 일대 여러 곳에 산재해 있다. 공명은 아무튼 상당히 인기가 있는 사람이었다.

"비육지탄"에 쌓여 있던 유비는 사마휘(수경 선생)라는 명사에게서 「복룡」이라는 청년의 말을 들었다. 복룡이란 금새라도 하늘에 오를 수 있지만, 때를 기다려 못에 가라앉아 있는 용을 말한다.

유비는 서서라는 인물에게서 어떤 청년을 만나 보라고 추천을 받았다. 그가 바로 「복룡」이라고 일컬어지는 제갈공명이었다.

얼마 안가 유비는 융중에 사는 공명을 방문하게 되는데, 그를 대면하기까지 세 번을 찾아 예를 갖추었다는 이른바 "삼고 초려"의 고사가 바로 그것이다.

처음 유비가 찾아갔을 때는 공명이 부재중이었고 두 번째는 눈 속을 뚫고 방문했지만, 또 부재중이었다. 그리고 세 번째는 유비가 공명이 낮잠에서 깨어나기를 기다려서 겨우 처음으로 만난다.

그렇지만 눈보라라던가 낮잠이라는 것은 『삼국지연의』에만 써 있는 것으로 사실은 아니다. 단지 세 번 방문했다는 것은 확실한 것이고 역사서 『삼국지』의 『제갈량전』에 따르면 「유비」는 세 번째 방문해서 공명을 만났다」라고 기술되어 있다.

그런데 역사에는 여러 가지 설이 있기에, 「위략」이라는 당시의 책은 공명의 쪽에서 유비를 만나러 갔다고 써 있다 한다. 아마 공명을 그다지 올리고 싶지 않은 쪽의 기술이고 「삼고 초려」는 사실이었다는 것이 정설이다.

공명 자신이 말년에 쓴 「출사표」에서 그는 유비가 젊은 자신에게 예를 갖추어 준 것에 감격해 유비의 뜻을 따른다고 기술하고 있다.

하여튼 공명은 여기서 유비가 취해야 할 전략을 진언하기에 이른다.

이것은 형주와 익주를 손에 넣고 이것을 확고한 기반으로 오와 동맹을 맺고 위에 대항하고, 이윽고 중원을 얻고 천하를 통일하는 것이었다.

제1단계로서 촉·오·위의 삼국 정책을 취하는 것으로, 이것을 "천하 삼분지계"라고 한다.

세 개의 솥발과도 같은 세력관계에 의해 한층 안정을 구축한다는 것이다. 그의 구상은 멋지게 들어맞는 것이다. 단지 그의 최종적인 목표는 천하 통일에 있었다. 그가 되풀이해서 북벌하고 도중에 오장원에서 쓰러지는 것도 이 때문이다.

이 전략을 듣고 난 유비는 이것이야말로 「두꺼운 구름을 헤치고 푸른 하늘을 바라보는」 느낌이 들었음에 틀림이 없다.

유비 47세, 공명 27세이었다. 이때부터 공명은 군사로서 유비의
수족, 아니 두뇌로서 움직이었다.

공명이 살았던 융중의
동네 입구.

공명이 살았던 융중의 뜰 유적.
(현재는 공원으로 되어있다.)

30. 유비를 만나기까지 공명은 무엇을 했는가

"삼고 초려"라는 말이 의미하듯이 초려에 숨어 살던 공명을 유비가 세상에 불러들였다고 흔히 알고 있으나, 공명은 당시 아직 27세의 청년이며 「은거」한 것은 아니다. 오히려 각지의 정보를 모으고 분석하고, 혼란한 정치를 어떻게 해야 하는 가를 연구하면서 자기의 생각을 의탁할 수 있는 주군을 찾고 있었던 것이다. 그런 면에서 목표에 적절히 맞아떨어진 것이 유비였다.

원래 공명이 살고 있던 이 융중땅은 그의 고향은 아니다.

공명이 태어난 곳은 서주 낭사군 양도(현재 산동성 절남현)이다.

그는 어려서 부모를 잃고, 숙부의 손에 길러졌다. 서주가 몇 번이나 전란 때문에 어지럽자, 숙부는 공명의 여동생과 남동생을 데리고 강남을 건너, 가까운 친구인 형주의 유표를 의탁해서 양양(호북성 양번시)으로 이사한 것이다.

그런 숙부를 둔 탓으로 양양 안팎의 많은 지식인과 서로 교류하여, 학문을 넓힐 수 있었다. 그 속에서 당시 이름이 높았던 팽덕공 「수경 선생」이라고 불리는 사마휘, 황승언 등이 있었다. 형주에는 전란으로 휘말린 중원을 떠나 옮겨와 사는 사람이 많아, 그들의 전하는 천하의 정세는 공명을 자극했다.

공명이 17세 되던 해, 숙부가 병사하고 그가 일가의 가장이 된다. 그는 성내에서 떨어진 융중으로 옮겨서 청경 우독하는 생활에 들어갔다.

공명에게는 많은 친구들이 있었다. 후에 그는 자신을 유비에게 추천한 서서를 비롯해서, 최주평, 맹공위, 석광원, 「봉추 선생」이라고 하는 방통 등과 교류하였다.

특히 방통은 그보다 두 살 연상일 뿐만 아니라, 자주 강동을 여행해서 각지의 정보를 자세히 공명에게 제공해 주었다. 그들은 천하의 정세를 서로 이야기하고 혹은 문학을 논하기도 했다.

또한 공명은 자주 산에 올라 시를 음미했다. 그가 좋아하고 음미한 「양부음」이라는 시가 남아 있지만, 이것은 그의 작품이고, 그의 고향의 가요라는 정설은 없다.

그런데 흥미로운 것은 그런 그들을 무슨 일인지 목사인 유표가 일을 맡기지 않는 것이다. 공명도 물론 맡으려 하지 않았다, 그 정도의 재능이 있는 사람이라면 유표에게서 일의 권유가 없었다고 생각할 수 없을 것이다.

아마 그들에게 있어 유표는 일신을 의탁할 만한 인물이라고는 생각하지는 않았다는 것이다. 공명도 마찬가지였음에 틀림이 없다.

농사일로 생활을 꾸리면서 고금의 서적을 읽고, 선배를 방문해서 이야기를 듣고, 뜻이 맞는 친구와 서로 의견을 주고받으며 공명은 이렇게 말했다. 생활을 하면서, 자신의 걸어야 할 길을 계속 모색하고 있었다고.

31. 각기 삼국으로 흩어진 제갈 삼 형제의 운명

제갈공명은 삼 형제 중 둘째였다.

장남인 근은 오에서 일하고 차남인 량(공명)은 촉에서, 그리고 삼남인 균은 위나라에 일을 했다.

한사람 더, 종형제(사촌)인 탄이 있어, 공명 형제들보다 훨씬 나중 시대이긴 하나, 그는 위에서 일했다. 삼남인 균이 이렇다 할 일을 하고 있지 않았기 때문에, 제갈 삼 형제란 일반적으로 삼남인 균을 제외하고, 근·량·탄 세 사람을 지칭한다.

장남인 제갈근은 고향이 전란으로 혼탁하자 강동으로 이주해서, 손건의 처남의 추천으로 손건의 밑에서 일하게 되었다. 그에 대한 손건의 신임은 두터워 자주 유비에게 보내지는 사자로서 파견되었다. 당연히 동생인 공명과 얼굴을 마주했지만, 형제 모두 공과 사를 확실히 구분하였다. 특히 형주의 영유권을 둘러싸고 교섭할 때, 그들은 서로 한치의 양보도 하지 않았다.

『삼국지』 제갈근전은, 이를 두고

"공적으로 만나고, 퇴청해서도 사사롭게 만나지 않는다."

라고 쓰여 있다. 공석의 자리에서 만나는 것뿐, 사적으로는 만나지 않았다라는 것이다. 여하튼 그의 일을 중상하는 사람도 있었지만,

손건은 듣지 않았다.

공명이 유비의 사자로 오를 방문했을 때 손건이 제갈근에게 공명을 자기 편으로 끌어들일 것을 권유한 일이 있다. 그렇지만 근은 이것을 한 마디로 거절하며,

"동생은 두 마음을 품는 인간은 아닙니다. 그가 오에 묵지 않는 것은 제가 촉에 가지 않는 것과 마찬가지입니다"라고 말했다.

제갈근은 손건에게 진언하거나 훈계를 할 때는 결코 강한 말을 사용하지 않고, 서로 상하지 않도록 조리있게 말했다.

공명과 균, 탄의 관계에 대해서는 공명과 근의 관계와도 같은 일화는 없다.

제갈탄은 위의 장군까지 승진했지만, 반란을 일으켜 실패하고, 장렬한 최후를 맞이했다. 위에서는 유명한 인물이었다.

삼국 시대에서 150여 년 후에 쓰여진 『세설신어』라는 일화집에는, 이러한 말이 있다.

삼 형제에 대해서 「촉은 용을 얻었다. 오는 호랑이를 얻고 위는 개를 얻었다」라고 기술하고 있다. 이것은 당시의 평판이었을 것이다.

예컨대 그들 세 사람이 얻은 관직은 다음과 같다.

제갈근(오) ~ 대장군, 완릉후

제갈량(촉) ~ 승상겸 익주의 목사

제갈탄(위) ~ 양주 칙사, 진동 대장군, 고평후

32. 못생긴 외모지만 기지가 넘친 공명의 처

공명이 결혼 적령기가 되자 많은 혼담이 오고갔지만, 공명이 선택한 것은 그 고장에서도 내놓으라는 추녀였다. 이 혼인에는 그만한 까닭이 있다.

어느 때, 그 고장의 명사로 이름난 고결한 인물 황승언이 공명에게 말했다.

"나의 딸은 어떤가. 붉은 머리, 까만 눈, 얼굴은 추하지만, 재능은 자네에 비할 만하다네." 『양양기』이라는 문헌에 의하면, 공명은 그 자리에서 승낙하고, 두 사람은 혼인하게 되었지만, 이것만으로 부족하기에, 각지에 여러 가지 설이 남아 있다.

그 하나가, 더욱 유명한 것으로 이러한 이야기가 있다.

황승언으로부터 혼담 이야기가 오고갈 무렵부터 공명은 어떠한 답장도 하지 않았다. 어느 날 공명은 예고도 없이 황승언의 집을 방문했다.

문이 잠겨 있어 공명이 가볍게 두드리자, 문은 자연히 열리더니, 그가 들어오자마자 자연히 닫혔다.

이어 두 마리의 개가 마구 짖으며 달려들었다. 공명이 이리저리 도망을 다니자 하녀인 듯한 여인이 나와서는 가볍게 개의 머리를 때렸다. 그러자 개는 땅에 쪼그리고 앉는 것이 아닌가. 더욱이 그녀가 개의 귀를 비틀자 개는 화단 쪽으로 되돌아갔다. 공명이 정신을 차리고 살펴보니 개는 나무로 만들어진 것이었다.

공명이 다음 문앞에 이르자, 이번에는 두 마리의 호랑이가 뛰어들었다. 이것도 만든 것이라고 생각한 공명이 머리를 때리니, 호랑이는 커다란 입을 벌리고, 앞발을 공명의 어깨에 올려 놓았다. 여인이 호랑이의 엉덩이를 때리자 되돌아가서 땅에 엎드렸다.

뿐만 아니라 공명은 절구질을 하는 나무로 만든 로봇 등 수많은 진기한 것을 보았다. 말하자면 공명이 본 것은 자동문과 로봇이었던 것이다. 황승언은 이것들을 모두 자신의 딸이 만든 것이라고 자랑을 늘어놓았다.

마침내 황승언이 새롭게 혼담 이야기를 꺼내자, 공명은 아무 말도 하지 않았다

"오늘은 사위로 인사드리기 위해서 왔습니다."(구진성 『삼국지연의』 종횡담)

여인은 추녀였지만 현명해서 공명을 잘 섬기고, 가사 일도 훌륭히 해냈다. 공명이 「목우」 「류마」라는 운반 기구를 발명한 것은 그녀에게서 얻은 힌트에 의한 것이라는 이야기도 있다.

이러한 이야기는 안됐지만 『삼국지』에도 『삼국지연의』에도 나오지 않지만, 중국인들 사이에서 입에서 입으로 전해져 내려오는 이야기이다.

또한 『삼국지연의』에는 공명의 아들 담이 촉에서 순직하자 공명은 담의 어머니 즉 자신의 처 일을 이렇게 회고하고 있다.

"그의 모친은 비록 용모는 추하지만, 귀재인지라, 위로는 천문에 통하고, 땅에는 지리에 밝아, 여러 병서도 하나도 통하지 않는 것이 없었다."

원래 『삼국지연의』에 여성들에 관한 이야기는 적지만, 『삼국지』에는, 조조의 부인으로 문제(조비)를 낳은 하황후 또한 상당한 현부인이었다는 것이 기술되어 있다.

조조의 첫째 정부인은 아들까지 낳았지만, 무척 고집이 센 여인이었다. 그녀는 아들이 죽자, 모든 것을 조조의 탓으로 돌리고 그를 책망하다가 결국에는 친정으로 돌아갔다. 후에 조조는 그녀의 성격이 수그러지는 것을 기다려서 다시 불러들이려고 했지만, 그녀는 돌아올 생각조차 하지 않았다.

조조는 노래 부르는 가희였던 첩실인 하부인을 나중에 맞아들였다. 그녀는 재치가 있고 상냥한 마음을 지녔다. 동탁의 소동이 있을 때, 조조의 측근들은 모두 조조가 죽었다고 생각해서, 고향에 돌아가려고 했지만, 그녀는 조조가 죽었다면 자신도 죽을 작정으로 끝끝내 그를 기다렸다. 또 그녀는 이별한 정부인을 마음에 두고, 조조가 부재중에는 몰래 초대해서 위로하는 등 마음을 썼다고 한다.

후에 아들인 조비는 황제에 오르자 하부인을 황태후로 공경하였다.

제 2 장

적벽대전(赤壁大戰)과 삼국의 징립

적벽대전 —— 허허실실 술책의 전모

『삼국지』최대의 결전 「적벽대전」은 어째서 시작되었고, 어떻게 끝났는가, 그 허와 실은, 압도적 다수의 강력한 조조군과 손권·유비 연합군의 대결을 둘러싸고 수많은 화제를 낳은 양쪽군의 견지에서 검증해 보자.

33. 적벽대전의 원인이 된 「형주」란 어떤 곳인가

적벽대전은 건안 13년(208) 조조가 형주에 침입했던 곳에서 전초전이 시작된다.

이 해 봄, 조조의 근거지 성인 업(鄴)에 일부러 현무지라는 호수를 만들고 수군의 훈련을 개시했다. 중국에서는 「남선북마」라고 한다. 남부는 지대가 낮은 대평원으로 수로가 발달해서, 주로 배에 의한 해상 교통이 발달해 있다. 이에 비해 북방은 건조한 평원과 고지가 많아 말이 유일한 교통 수단이다. 그래서 북방 사람들은 배에 익숙하지 않아서, 수전(水戰)은 불리하다. 거기서 조조는 인구호까지 만들어 훈련했던 만큼, 형주 공략은 중요성을 갖고 있었던 것이다.

조조의 형주로의 야망이 이윽고 적벽대전에서의 패전으로 연결된 것이다.

형주의 전략적 의의는 두 가지이다. 하나는 장강의 하류 지역을

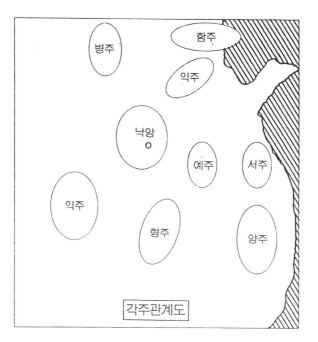

각주관계도

지배하는 손건을 공략하기 위한 것이다. 손건 공략의 루트는 몇 가지나 있지만, 동부와 중부 전선은 수로도 많아, 적의 기반도 강해 용이하지 않았다.

그곳이라면 서부의 형주는 손건이 지배하는 양주의 측면을 직접 공격하게 되므로, 적의 방어가 허술한 곳이기도 하다.

형주에는 형주목사인 유표가 있기는 하나 이것은 정치 전쟁이므로 될 법도 한 것이다.

형주는 장강의 중류에 위치해 이곳을 차지하면 상류의 촉에 대해서도 하류의 오(양주)에 대해서도 주시할 수 있게 된다.

또 하나는 형주의 풍부한 자원과 인구이다. 물이 풍부하기에 홍수의 위험도 있지만, 반면, 벼농사를 비롯한 곡창 지대가 바로 이 형주인 것이다. 따라서 인구도 많다. 이것은 병력과도 연결되어진다. 후한시대 전국의 총인구는 5천만 정도로 전란 때문에 감소하고 있지만, 형주는 인구 626만 명(총 140만 호)으로 전국의 1할 이상을 점유한 보고였던 것이다.

한대의 형주는, 현재의 호북성·호남성의 거의 전역 이외에, 하남·귀주·광주·광서 각 성의 일부를 포함한 광활한 지역이다. 주도는 양양으로 후에 강릉으로 바뀐다. 주의 장관(차사 후에 목사)이 있는 주도를 「주치」라고 해 『삼국지』와 『삼국지연의』에서는, 이 주치를 형주라고 하는 경우가 있어 혼란할 우려가 있다. 즉 양양을 형주로 부르거나 강릉을 형주로 부르는 경우가 있기 때문이다.

그리고 주의 밑에는 최북부의 남양군(양양)을 비롯해서, 장강을 따라서 남군, 강하군, 그리고 장강 이남의 무릉군·장사군·영릉군·계릉군이라는 7군이 생겨났다. 적벽대전 후에 이것이 각각 조조·손건·유비에게 분할되어, 서로 정략과 전략을 구사해 얽히고 설키며 서로 공격을 주고받는 것이다.

평화롭던 형주도 나중에는 이런 전략과 맞물려 「병가필쟁의 땅」으로 불리게 된다.

34. 양양을 탈출한 유비의 결단

조조가 형주를 공격한 것은 건안 13년(208) 7월이었지만, 그때는 아직 양양에는 도달하지 않고 있었다. 그러던 다음 달 8월에 형주 목사인 유표가 돌연 병사했다.

『삼국지연의』에 의하면, 그는 점차 병이 악화되어, 유비를 불러서 후사를 부탁한 것으로 되어 있지만, 사실은 불분명하다. 『삼국지』의 본문에는 단지 「조조가 도착하기 전에 병사했다」라고 기술된 것 뿐이다. 혹은 유표가 사태의 긴박함으로 인해 충격을 받은 나머지 심장마비로 사망했을지도 모른다.

장남인 유기는 강하군의 태수로서 멀리 떨어져 있었기 때문에 집에는 어리석은 중신들이 세력을 쥐고 어린 동생 유종을 형주 목사로 앉혔다. 아버지의 병이 위중한 것을 들은 유기는 급히 뛰어왔지만, 유종의 일파는 유기가 임종을 눈치채지 못하도록 성문을 닫은 채로 면회를 시키지 않아, 유기는 울며불며 떠났다는 짧은 일화도 있다.

유종을 비롯한 중신들은 조조의 세력이 두려워 조조에게 급히 사자를 보내 항복을 알렸다.

이때, 유비는 양양 가까운 대안에 있는 번성(지금은 합병해서 양번 시가 되었음)에 주둔하고 있었지만, 유종이 항복한 줄도 까맣게 모르고, 조조군이 100킬로 정도 떨어진 완현(남양)까지 쫓아왔을 때야 비로소 깨달았다.

유비는 허둥지둥 철수하기 시작했다. 한수를 건너 유종이 있는 양양을 통과할 때, 공명은 유비에게 진언하였다.

"이러한 때, 유종을 공격해 양양성을 취하면 형주를 지배할 수 있어, 능히 조조를 대항할 수 있습니다."

또, 이러한 진언을 한 사람도 있다.

"유종을 납치해, 수하의 병졸들을 모아 강릉으로 급행합시다." 그렇지만 유비는 고개를 흔들었다.

"지금은 죽은 유표와의 신의를 배반할 수는 없다."

이것이 유비의 불가사의한 점이다. 그는 매우 나쁜 짓도 했고, 배반과 탈취도 몇 번이고 했다. 하지만 반면에 의리도 강하고, 인정이 많은 것도 사실이다. 옛부터 대사업을 이룬 인간에게는 이러한 모순이 항상 존재하는 것이고, 따라서 성공했는지도 모른다.

유비는 양양을 통과할 때, 할 수 없이 유종을 만났다지만, 결코 유종은 나오지 않았다. 『삼국지연의』는 유비가 유표의 묘에 제사를 지낸 후에 양양을 떠났다고 한다.

여기서 유비가 철수를 결단한 것은 옳은 일이었다. 만일 양양성을 탈취했어도 조조의 공격을 막아낼 수 있었는지 의문이 가는 대목이다.

35. 10만여 난민은 왜 유비에게 붙어 있었는가

조조군이 형주를 공략해 왔을 때, 유표의 뒤를 이어 형주의 주군이 된 유종은 조조에게 무조건 항복했지만, 거기에 반대하는 가신들은, 유비를 따라 남으로 도망쳤다.

뿐만 아니라 양양성의 평민들도 가재 도구를 등에 지고, 메고 혹은 마차를 끌고 유비의 뒤를 따랐다. 이 수는 10만을 넘었고, 짐차는 수천 대에 달했다고 『삼국지』는 기록하고 있다.

유비에 따라 나서는 것은 무척 위험천만한 일이다. 왜냐하면 유비는 조조를 배반한 적이 있어 조조가 이번에야 앙갚음을 하려 벼르고 있기 때문에 맹렬하게 공격할 것은 뻔한 이치이기 때문이다. 그럼에도 불구하고 왜 많은 사람들은 유비에 따랐던 것일까. 『삼국지연의』에는 유비가 사람들이 추앙하는 인물이었다고 했다. 사람들은 15년 전에 일어났던 조조군에 의한 서주 대참사 사건을 기억하고 있었으리라.

15년 전 초평 4년(193), 조조의 대군은 서주를 침공하였다. 이보다 앞서 조조의 부친 조숭이 한때 살고 있던 서주에서 조조의 근거지인 애주로 가는 도중에 서주 목사인, 도겸의 부하에 살해되었다. 조조는 이를 갈고 복수를 하기 위해 서주로 출병해 도겸의 군을 몰살하였는데, 그 당시 사수의 근처에 살던 민간인 수만 명을 학살했다. 아니 수십만 명이라는 설도 있다. 하여튼 그 수많은 시체들로 인하여 사수의 흐름이 멈출 정도였다니 가히 짐작이 가고도 남는다. 이것은 순욱전, 『후한서』 도겸전 『자치통감』 등 60여 권 등 많은 역사서에 기록으로 남아 있는 사실이다. 서주의 마을은 피폐하여, 사람의 그림자는커녕 개 한 마리도 볼 수 없게 되었다 한다.

이 소문은 물론 형주에도 널리 퍼져 조조의 잔학함에 놀란 사람들이 유비를 따라나선 것일 게다. 난민을 데리고 가기 때문에 유비군의 행군은 빨리 나갈 수 없었다. 고작 하루에 「십리」(당시의 1리는 414.72미터)밖에 나가지 못했다.

난민을 버리고, 속히 장강 북안의 요충지인 강릉으로 가도록 진언하는 사람들이 있었건만, 유비는 단호히 거절했다고 한다.

―― 무릇, 큰일이라 하는 것은 필히 사람을 근본으로 행하는 것이다. 지금 사람들이 나에게 돌아오고 있다. 우리는 이를 받아들일 수 있도록 인내해야 하느니.

그리고, 그는 난민의 일부를 배에 태워, 관우에게 이를 명하고 탈출시켰던 것이다. 유비를 공명의 그늘에 가린 바보처럼 보는 사람이 있지만, 그는 이러한 인정미를 지닌 소유자였던 것이다.

『삼국지연의』는,

「난에 임해서, 인심, 백성(민심)에 의존한다.」라고 기리고 있다.

36. 장판파에서 유비의 처자식을 구한 조운의 인망(人望)

유비 일행은 양양에서 직선 거리로 약 150킬로 남쪽의 당양현 (호북성)에서 그만 조조군에게 쫓기는 신세가 된다. 이른바「장판 파의 싸움」이다.「파」도 판의 의미로 서북에서 동남으로 향해 내려가면 1.5킬로에 걸친 사면이 당시의 전장이었을 것이다. 그 중심부는 지금의 당양시 시가지로서 주변의 일대는 전설의 명소들이 흩어져 있다.

시가지의 원만한 언덕으로 되어 있는 큰 거리를 장판파라고 한다.「장판파 공원」이 있고, 옆의 큰길 중앙에 거대한 동상이 세워져 있다. 가슴에 아기를 포대로 싸고 긴 창을 손에 꼬나든 이 용사가 바로 관우·장비와 나란히 한 호걸 조운이다.

패한 유비군은 서로 흩어지게 되어, 유비는 감부인과 아들 유선과는 그만 헤어지고 마는데, 이들 모자를 조운이 구했다는 것은 사실이다.

『삼국지연의』는 이것을 토대로 손에 땀을 쥐게 하는 장면을 장착하고 있다.

조운은 하룻밤 내내 싸운 끝에 본대와 떨어져 버린다. 그리고 유비의 가족을 찾아 헤매이던 중에 난민 속에 섞여 있던 감부인(유비의 첫째 부인)과 해후하게 되어 그녀를 장비에게 부탁한 뒤에 다시 유비와 미부인(둘째 부인)을 찾아 헤맨다. 이윽고 수미에 아주 허물어진 토방 구석에서 어린 유선을 껴안고 있던 미부인을 발견하는데, 때마침 도처에서 적군의 함성이 들려 온다.

부상을 입은 미부인은 유선을 조운에게 건네 주고는 갑자기 그 옆의 우물에 몸을 던진다. 자신으로 인하여 유선과 조운이 해를 입지 않기 위한 최후의 수단이었던 것이다. 이렇게 유선을 가슴에 품은 조운은 쫓아오는 적병들을 마구 무찌르며 장판파를 빠져 나와 유비의 일행을 쫓기에 이른다. 조운이 있는 힘을 다해 구해 온 아기를 유비에게 내밀자 유비는 갑자기 땅바닥에 내던지고 "너 때문에 하마터면 장군을 잃을 뻔했다"라고 말해 조운과 그의 군사들을 감복시킨다. 현대 중국어로 「유비가 아두(유선의 아명)를 내던졌다」라는 것은 「인기 작전」을 의미하는 수사법으로 사용되고 있다. 중국인 특유의 방식이 아닐 수 없다.

장판파에 서있는 조운의 상

지금은 이 당양시의 중심에 「장판파 공원」이 있는데, 높이 2미터나 되는 비석에 「장판웅풍」이라는 힘찬 필치의 네 문자가 새겨져 있다. 조운은 여기서 이 당양시를 인기 있는 대표적 인물이다.

거기에서 4, 5백 미터 떨어진 거리 옆에는 미부인이 유선, 즉 태자를 안고 다리 아래에 숨어서, 밤을 밝혔다는 전설의 명소「태자교」가 있고, 그 가까이에 미부인이 몸을 던졌다는 오래된 우물이 남아 있다.

태자교

이 당양시 역에서 시가지와는 반대로 동쪽을 향해 1킬로 정도 간 곳에, 『삼국지연의』의 유명한 장면「장판교」가 있어 도로쪽에 있고 정자가 서 있는데 안에「장익덕 횡모처」라는 비석이 세워져 있다. 익덕은 장비의 호이다.

여기서 이제는 장비의 활약상을 소개하기로 한다. 쫓아오는 적을 향해서 장팔사모를 비껴들고, 대갈 일성(大喝一聲), 주춤하는 적 앞에서 다리를 끊어 무사히 주군과 시종을 탈출시키는 장비.

37. 공명의 탁월한 외교적인 수완과 설득력

장판파에서 유비군을 쳐부순 조조군은 그대로 남하하여 장강 북안의 강릉을 손에 넣었다. 그리고, 위험 천만하게도 위기를 모면한 유비 일행은 동쪽으로 도망해 현재의 무한시인 하구에 도착했다. 그곳은 한수가 장강에 합류하는 지점이다.

유비는 공명의 의견에 따라 손권에게 원조를 구하도록, 공명을 사자로 내세웠다. 공명의 의견이란, 그가 유비에게 진언한 "천하 삼분지계"의 제일보였다.

이때 손권은 장강 하류의 자상(강서성 구천시)에 군을 결집해서 형세를 살피고 있었다. 장강을 내려서 올 것이라는 조조의 군문에 따를지, 단호히 거절할 지를, 손권은 어려운 선택에 쫓기고 있었다. 조조에게서는 "나는 수군 80만을 이끌고, 오의 땅에서 장군과 더불어 사냥을 하련다."라는 위협적인 서한이 당도해 있었다. 손권은 조조에게 반발 의식을 가지고 있었지만, 부장들 대개는 항복론에 기울고 있었다. 손권은 망설이고 있었다.

하구에서 자상까지는 직선 거리로도 180킬로인데다 구불구불한 장강을 거슬러 올라가자면 족히 300킬로를 웃돌게 된다. 공명은 유비를 하구에 남기고 빠른 배로 이 장강을 내려가, 손권과 대면하였다.

"지금 조조는 형주를 점령하고 세력을 천하에 떨치고 있습니다. 유예주(유비)께서는 부득이 피신 중에 있습니다. 장군께서는 잘 생각해 보십시오. 이곳의 군세를 가지고 대항할 수 있다고 판단된다면 지체없이 단행해야 합니다. 자신을 가질 수 없다면 무조건 적에게 항복하셔야 할 것입니다. 어째서 겉으로는 조조에게 복종하는 듯한 태도를 취하면서, 마냥 여유를 부리고 계십니까. 이 긴박한 사태에 이르러 결단을 내리지 않으면 내일이라도 재앙이 올 것입니다."

원조의 청원 등은 일체 꺼내지 않고 오로지 손권의 입장을 내세워, 정곡을 찌르는 것이 공명식 설득력이다. 그렇지만 손권도 만만치않은 인물인지라 이를 되받아 친다.

"그럼 유예주께서는 어째서 조조에 복종하지 않는 것인가?"

이 물음에 공명은 발끈한다.

"왕실의 피를 이은 분입니다. 억지로 항복할 수 있겠습니까. 하물며 천하의 인망을 모으고 있습니다. 설사 저항이 실패로 끝나더라도 그것은 천명일 것입니다."

그같은 대답에 손권도 분기하지 않을 수 없다. "이 땅을 호락호락 조조에게 넘겨주겠는가"라며, 다시 공명에게 계책을 구하는 것이다. 공명은 거기서 조조의 원정군으로서의 약점을 들어가면서 손권·유비 동맹의 필승 전략을 논의한다.

손권은 공명의 계책에 크게 긍정을 하니, 유비는 비로소 살길을 연 것이었다.

이 때의 일은, 손권의 참모인 노숙의 움직임도 컸다. 그는 당양에서 패해 도망 중인 유비를 만나, 손권과 연합할 것을 진언했다.

그렇게 해서, 이 동맹의 성립을 가져온 것은 공명의 외교적인 수완과 설득력에 의한 것임은 분명하다.

손권을 설득키 위해 홀로 오나라로
향하는 제갈량. (연환화)

38. 3대를 가도 기울지 않았던 일가와 손권의 재능

── 가게와 당초문양으로 쓰는 삼대.

오래된 천유(중국에서 이름난 차(茶) 이름). 창업자는 성공하고, 2대에 겨우 유지하다가, 3대에 이르면 실패해서 망한다는 예로 흔히 사용된다. 옛날은 가게와 셋집에 첩지를 붙였다. 이 문자를 당초 문양의 멋진 문자로 쓰는 것이다.

그러나 강남의 패자로서 3대인 손권은 과연 그는 집을 몰락시켰는가. 나중에는 삼국의 오나라의 황제의 자리에도 오르지 않았던가. 단지 그의 3대란 아버지→아들→손자의 관계가 아니고 아버지→형→동생의 관계일 뿐이다.

아버지인 손견은 오군부춘(절강성 부양현, 항조우 시내에서 전당강을 30킬로 정도 거슬러 올라간 곳) 출신이고 춘추 시대 말 오왕의 곁에서 일한 병법가 손무의 자손이라고 한다. 젊었을 때 현의 관리가 되어, 황건적의 난이 일어났을 때 토벌대에 참가해서 공을 세운 것을 시초로 후한의 중앙정부에 발탁되어, 장사군의 태수가 되었다. 이윽고 동탁의 폭정이 시작되자 그도 반동탁 세력에 가담하여 군사를 이끌고 낙양 공격에 참가했다.

동탁이 천자를 연행해 장안으로 도망간 후, 폐허가 된 낙양에 입성해서, 황폐해진 능묘 등을 수복했지만, 이때, 우물에서 영기(靈氣)가 솟는 것을 보고, 그 속에 던져져 있던 황제의 옥새를 발견했다 한다. 당시 이 옥새의 진위가 큰 화제로 떠올랐지만, 『삼국지』에 상세한 주석을 붙인 배송지는 이 논쟁을 소개하며 꾸민 이야기일 것이라 적고 있다.

다음 해 손견은 형주의 유표를 공격하고, 양양을 포위했지만, 적의 화살에 맞아 죽고 만다. 그의 나이 37세였다.

장남인 손책이 18세로 뒤를 계승했다. 그는 대범한 성품으로 타인의 의견을 존중하고, 인물도 빼어났다. 원소의 사촌인 원술의 수하로 들어가 원술이 입에 침이 마르도록 「나는 이만한 자식이 있다면 언제 죽어도 여한이 없다」라는 얘기까지 듣지만, 그런 칭찬보다 강동 지역(오)을 잘 평정하며, 착착 기반을 굳혀 나갔다.

손책은 조조와 원소가 관도에서 대치하고 있는 사이, 허도를 습격해서 헌제의 신병을 확보하려고 계획하나, 행동에 옮기기도 전에 자객에게 습격을 당해 죽음을 당하였다. 그의 나이 26세로 한창 젊은 나이였다.

임종을 거두기 전, 손책은 동생인 손권에게 다음과 같은 말을 남겼다.

"천하를 쟁취할 군사적 능력은 내 쪽이 우위이나 인재를 등용하고 사람을 다룰 줄 아는 능력은 네가 우위이니 부디 강동을 잘 지켜 가기 바란다."

그렇게 해서 손권이 3대가 되었던 것이다. 그의 나이 19세의 일이었다. 이후, 48세에 오의 황제에 등극하여 71세로 죽기까지 52

년 동안 그는 남부 중국의 정권을 장악하였다.

그의 형 손책의 예언대로 그는 탁월한 인재를 활용해서, 복잡한 삼국 대립의 정세에 잘 대처해 갔지만, 만년에는 후계자 문제로 갈등이 심화되어 판단 착오를 낳아서 환란을 초래하였다.

손권(상상도)

39. 적벽대전에서 조조가 패한 진상의 전모

건안 13년(208), 조조는 점령지의 강릉을 출발해서, 파구(호북성 악양시)를 거쳐 장강을 내려갔다. 한편 손권은 주유와 정보를 선봉으로 수군을 장강으로 거슬러 올라가게 시켜, 하구(무한시)에서 기다렸던 유비와 합세하여 조조군을 맞아 격전을 벌인다.

양군은 적벽에서 마주치니 조조는 대패하여 철퇴하고 만다. 이 적벽대전은 『삼국지』뿐만 아니라 중국 역사상 小가 大를 이긴 초유의 격전인 것이다.

그럼, 쌍방의 병력은 어느 정도였던가.

먼저 조조는 손권에게 항복을 재촉한 서한 속에 「나의 수군 80만」이라고 밝히고 있다.

오의 중신들은 이 위협에 떨었지만, 주유는 냉정히 분석해 손권에게 항전할 것을 진언한다. "조조가 본국에서 15,6만의 군사를 이끌고 왔으나 원정으로 지쳐 있습니다. 허나 형주를 손에 넣은 죽은 유표의 군세는 많아도 7, 8만인데다가 조조에 심복하지 않고 있습니다."라고 말한다. 합쳐 봐도 22, 3만일 정도라는 말이 된다.

한편, 오의 총력은 10만으로 그중 전선에 파견된 것은 3만뿐이었으며 유비군은 겨우 수천여 명에 불과했다.

조조는 그 해 봄부터 인구연못을 만들어 수군의 훈련을 시키고 있었다.

조조군의 병사는 수전에 익숙하지 않기 때문에, 이런 모의 훈련을 한 것이다. 그렇지만, 별안간의 훈령으로 충분히 숙련도 하지 않은 채 동원된 것이다. 이에 대해 오의 군세는 배의 조작에 익숙하고, 수전의 훈련도 충분히 받았다.

이 때문에 적벽에서의 모든 싸움은 단연 오군의 승리로 끝나고, 오군은 장강 남안의 적벽에 집결하고, 조조의 선단은 대안의 오림에 집결해 대치하였다. 실은 이때 조조군에 전염병이 돌아 많은 사상자를 냈기 때문에, 전투력은 더욱 격감해 있었던 것이다.

오군은 주유의 부장인 황개가 조조에게 거짓 투항장을 내고, 수십 척의 군선에서 내응을 하면서 화전(火戰)을 걸었다. 이 계략은 성공을 거두어 조조군은 여지없이 깨지고 조조 또한 간신히 탈출하였다.

결국 조조의 패인은 원정군의 불리함을 조조가 너무 과소 평가한 것과 수전에 익숙하지 않았던 것, 계략을 파악하지 못한 것이지만, 예측하지 못한 사태로 「역질의 유행」이라고 당시의 사서는 전하고 있다. 이것이 바로 조조에 있어서 커다란 패인으로 작용하였던 것이다. 근년 중국의 연구자료에 의하면 이 병은 풍토병의 일종으로 그 당시 대량 발생하였다는 기록이 있다.

이렇게 해서 적벽대전은 손권. 유비 동맹군의 승리로 끝나고, 조조의 형주 제패의 야망은 붕괴된 것이다.

40. 다섯 개나 되는 「적벽」은 어디가 진짜인가

『삼국지』라면 공명이나 관우든 친근한 인물이 있기 때문에 그렇게 동떨어진 느낌이 들지 않지만, 2천여 년이나 되는 아득히 먼 옛날 이야기이다. 예를 들면 이순신 장군이 기껏해야 4백여 년 전의 인물이라고 생각한다면, 『삼국지』의 시대가 얼마나 아득히 먼 과거의 일인가라는 것은 짐작하고 남음이 있다.

그 오래된 유적이 현재 어디에 있는가는 불명확해도 어쩔 수 없다.

대혈전의 무대가 된 「적벽」도 여기가 그곳이다라는 것이 장강의 유역에 다섯 군데나 있다. 장강을 하류에서 거슬러 올라가노라면, 무한시 앞에, 호북성 황강현성 외의 장강 북안에 「황주적벽」이라 불리는 것이 있다. 여기는 송대의 정치가이자 시인인 소동파가 「적벽무」「적벽회고」 등의 작품을 썼던 곳으로 그의 호를 따 「동파적벽」이라고도 불린다. 옛부터 이곳이 오래된 전장이라고 불리는 터라 소동파는 이 작품 속에서도 적벽대전을 묘사하고 있다. 그러나 그는 이것을 믿은 것은 아니고 「여기에 삼국의 주유가 싸운 적벽이었다고 하는 사람도 있다」라고 썼을 뿐이다. 소동파가 역사를 알지 못하고, 이곳을 그때의 전장이었다고 생각하는 것은 오해이다.

다음으로 무한 부근, 한수의 연안에도 적벽이 세 군데나 있다.

- 한천적벽(호북성 용천현 아래, 한수 연안)
- 한양적벽(호북성 한양현 아래 한수의 중앙주)
- 강하적벽(호북성 무한 시내의 장강의 남강 부근)

여하튼 현의 지리지 등에서 「이곳이 진짜 적벽이다」라는 역설을 하고 있지만, 학문적으로는 인정되고 있지 않다. 다만 확실시되고 있는 것은 다음이다.

- 포척적벽(화북성 포척현, 장강의 남안)

장강하행(또는 상행)의 배는 통과할 뿐으로, 선상에서 멀리 바라볼 수밖에 없다. 현지 방문에는 육로를 따라서, 악양에서도 무한에서도 차로 반나절 이상이 걸린다.

장강에 면한 절벽의 바위 면에 크게 「적벽」이라는 글자가 각인되어 있어, 이것은 배에서도 보인다. 이 이름의 유래는 바위 표면이 적갈색을 띠고 있기 때문이라고도 한다. 또, 조조의 선단이 화공

적벽의 옛 전쟁터

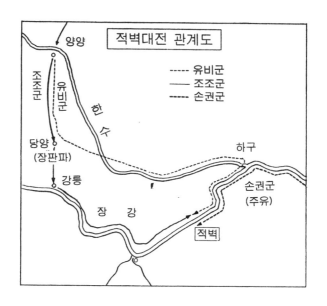

적벽대전 관계도

----- 유비군
—— 조조군
----- 손권군

양양

조조군

유비군

한수

당양
(장판파)

강릉

하구

손권군
(주유)

장 강

적벽

(火攻)을 만나 이 바위를 발갛게 비추었기 때문이라고 한다.

장강을 내려다 보는 곳에,「망강정」등의 건물이 세워져, 천안
에서 거의 안으로 들어간 곳에는 공명이 바람을 부르기 위해서 기
원했다는 전설적인 제단「배풍대」가 있어, 도관(도교의 사원)이
서 있다. 공명의 언동에는 유교색이 짙지만, 그는 도교와도 인연이
깊다.

절벽의 아래에는 오의 사령관 주유의 커다란 동상이 세워져 있다.

적벽의 절벽에 각인된「적벽」이란, 문자 바로 위에는 도교의
「상징」이 새겨 있다. 도교는 중국 민중과 깊게 연결된 생활 종교이
다. 민중에게 인기 있는 공명이 어느 사이 도교적 인물로 추앙받고
있다는 것이 적벽의 유적에 잘 나타나 있다.

41. "공명, 적의 화살을 빌리다"의 진정한 주역은?

　적벽대전에서 손권·유비 연합군의 지휘를 해, 승리로 이끈 것은 공명이 아니고, 오의 명장 주유이다. 그렇지만 『삼국지연의』에 의하면, 주유는 동맹군이면서 공명을 경계했을 뿐만 아니고, 철저하게 적시해, 기회만 있으면 죽이려 했다고 한다.

　이것에 대해서 공명은 항상 내색하나 하지 않고 이 주유를 더욱더 분하게 만드는 것이다. 주유가 조조와 계속 싸우면서 유비 진영의 동향을 경계하고 있던 것은 사실이었지만, 분명한 적의를 나타낸 것은 아니다. "공명, 적의 화살을 빌리다"도 하나의 예다. 『삼국지연의』에 따르면 주유는 공명에게 「열흘 안에 10만 개의 화살을 만들어 오라」고 터무니없이 무리한 요구를 한다. 그러자 공명은 「사흘 이내 만들겠습니다」라는 약속을 한다.

　그리고 강 표면이 깊은 안개로 자욱한 날, 짚 다발을 막으로 감추고 배를 연결해서 적에게 가까이 간다. 조조는 「적의 야습」라 착각해 무수한 화살을 쏘아대지만, 이 화살이 모두 짚 다발에 꽂힌다. 이렇게 해서 공명은 편안하게 10만 개의 화살을 얻어낸 것이다.

　역사서 『삼국지』에 따르면 공명은 사전 외교 교섭에만 활약했으므로, 전투에는 실제로 별로 나오지 않는다. 적벽대전의 주인공은 주유인 것이다.

이 "적의 화살을 빌리다"고사에 나오는 속임수는 공명의 아이디 어가 아니고, 실은 손권의 것이다.

적벽대전 5년 후의 건안 18년(213) 조조가 동부 전선에서 손권 을 공격, 일 개월 정도 대치했을 때 일이다. 손권이 배를 타고 조조 군의 진의 위치를 정찰하러 나갔다. 조조가 날린 화살비로 수많은 화살이 배에 꽂히자, 이 무게로 인하여 하마터면 손권의 배는 전복 할 뻔했다. 손권은 배를 반전시켜서, 또 거기에 화살이 꽂히도록 유 도한다. 이렇게 해서 배는 균형을 유지해 무사히 탈출할 수 있었던 것이다

이것은 『삼국지』 오왕전에 있는 사실이다.

『삼국지연의』의 작자는 이 사실을 이용해서, 손권을 공명으로 옮 겨 놓아서, 공명을 화려한 활약상의 주인공으로 만들었다.

공명이 하늘에 기원해 풍우를 부른 것은 유감스럽게도 사실이 아 닌 픽션이다. 물론 공명에게 기상 관측의 지식이 있어, 기후의 변화 를 예언한 것은 생각하지 않을 수 없지만, 그것은 기록에는 나와 있 지 않다.

『삼국지연의』에는 이러한 사실을 이식한 창작이 많고 그 기법 또 한 기상 천외해서 정교한 복선을 깔아 놓는 등 전혀 부자연스럽지 않다. 게다가 조조를 악군으로 몰고, 유비·공명을 뛰어난 수완가로 서 그들의 활약상을 그리고 있지만 그 맥락은 사서 『삼국지』의 뒤 를 정확하게 쫓고 있는 것이다.

42. "苦肉之策"의 본래의 의미와 그 효과

"고육지책"이라는 말은 우리들의 일상생활에서도 자주 쓰인다. 많게는 괴로운 끝의 행위라는 의미로 사용되어, 「고육지책으로 역으로 공격을 펴다」 등이라 한다.

그렇지만 본래는 상대를 속이기 위해 자신의 몸을 괴롭히기도, 실패한 것인양 꾸미는 것을 말한다.

요컨대, 중국에서는, 보통 "고육계"라고 한다.

적벽대전에서, 오군이 행한 계략이 대표적인 것이다. 『삼국지연의』에 의하면, 이 줄거리는 이러하다.

조조의 대군을 앞에 두고, 총독인 주유는 여러 장군을 모아 놓고, 싸울 준비를 하라는 명령을 내린다. 이때, 부장인 황개가 나서서, 조조와의 싸움은 여러 가지로 곤란하니 항복을 생각해야만 한다고 진언한다. 그 말에 매우 성이 난 주유는 참수를 하라는 명령을 내린다. 그렇지만 노장 황개는 두려워하지 않고

"나는 주공의 아버지인 손견 장군 이래로 여러 전장을 두루 거치며 갖은 어려움을 무릅쓰고 예까지 왔는데, 너희들 같은 풋내기와는 다르다."

그 말을 들은 주유는 더욱더 불같은 화를 내며, 빨리 참수하라고

명한다. 그렇지만 많은 장수가 무릎을 꿇고 필사적으로 황개의 목숨을 애걸했기에, 주유는 어쩔 수 없이 처형을 철회하고, 그 대신에 곤장 100대를 치라고 명령한다. 땅바닥에 엎드린 곤장을 맞는 황개의 몸은 피부와 살이 터져 피투성이가 되어 버린다. 50대를 넘으니, 보다 못한 여러 장수들이 황개의 나이를 감안하여 멈출 것을 주청하기에 주유는 마지못해 때리는 것을 멈추게 하였다. 황개는 몇 번이나 정신을 잃어, 보는 사람들은 저마다 모두 눈물을 흘렸다 한다.

겨우 정신이 돌아온 황개는 마음을 바꾸어, 그날 밤으로 조조에게 투항하겠다는 밀서를 보내기에 이른다.

실은 이것이, 황개가 주유에게 진언한 계략인 "고육지책"이었던 것이다.

멋모르고 황개의 밀서를 수락한 조조는 혹시 거짓 항복이 아닌가 의심하지만, 주유 측에 투항해 있던 염탐꾼에게서, 주유, 황개를 엄벌한 경위의 보고를 받고, 황개의 투항을 받아들인다.

따라서 황개의 고육지책은 멋지게 성공한 것이다.

한편, 조조는 배가 흔들려 병자가 속출하므로 방통의 말에 따라 「군선을 서로 연결시켜 버리는 이른바 "연환계"를 받아들여 모든 배들을 쇠사슬로 묶어 버린다.

동풍이 거세게 부는 밤, 조조의 군선을 향해서, 약속대로 「선봉 황개」라고 크게 쓴 깃발을 세운 황개의 배가 가까이 왔다.

너무나 빨리 다가오자 조조가 괴이하다고 했을 때는 이미 늦어, 연료를 가득 싣고 불을 붙인 황개의 배는 조조의 배와 충돌하더니 순식

간에 조조의 군선단을 불바다로 만들어 버렸다. 이 불이 건너편의 절벽을 빨갛게 비추었다 하여 「적벽」이라는 이름이 생겨난 것이다.

황개와 그의 부하들은 조조에게 모습을 보이지 않고 물 속을 헤엄쳐 달아났기 때문에 목숨을 구했다.

적벽대전의 장면을 그린 연환화

43. 패주하는 조조를 놓아 준 "관우의 은혜 갚기"

조조는 적벽대전에서 패배를 맛보지만, 목숨을 구하고자 북쪽으로 도망간 것은 아니다. 패배했다고는 하나, 조조는 중원의 패자이다. 그의 당당한 퇴각은 감히 유비·손권의 동맹군도 따라잡을 수 없었을 정도였다.

물론 조조에 있어 최초의 패배이었으므로 그 후유증은 심각하였다. 적벽대전에서 배가 불태워지고, 전염병이 유행하여, 부득이 조조의 본대는 본국으로 퇴진할 수밖에 없었다. 본국으로 가는 관문인 화용도라는 가도를 행군할 때는 진흙탕에 발이 빠져서 도무지 움직일 수가 없는 곤경에 빠지기도 하였다.

이를 모면해 겨우 탈출한 조조는 안심하고,

"만일 여기서 유비가 복병을 숨겨, 화공으로 공격한다면 전멸했을 것임에 틀림없다"라고 술회하고 있다. 이 경위는 당시의 『산양공재기』라는 책에 남아 있다.

이 기록을 기초로 『삼국지연의』는 "관우의 은혜 갚기"라는 에피소드를 창작하고 있는 것이다. 즉 관우에게는 옛날 조조와 싸워서 패한 과거가 있다. 그런데 뜻밖에도 조조가 목숨을 구해 주고 자신을 환대해 주어 무사히 유비 곁으로 돌아가도록 도와준 것이다. 한데 이제는 상황이 바뀌어 조조의 추격을 명령받은 관우는 그때의 은혜를 갚기 위해서 그를 도망치게 해 주어, 공명을 화나게 한 것이다.

물론 이것도 사실과는 다르나, 화용도라는 가도는 아직 실제로 존재하고 있어, 길의 가장자리에 「사적·화용고도」라는 기념비가 세워져 있다.

더욱 조조는 형주의 중심 거점인 강릉과, 북부 요충지인 양양에 부장을 남기고 확보하고 있다. 이 후에 강릉은 곧 주유에게 빼앗겼지만 양양은 이대로 위의 전진 기지로서 후년까지 점령이 계속되었다.

귀국한 조조는 다시 수군을 통솔해 훈련시키고 동부 전선에서 오를 쳐부술 전략을 준비함과 동시에 패배의 아픔을 가시기 위해 연달아 국내 안정의 정책을 내놓고 있다.

먼저 내놓은 것이 "전몰자 가족 구호령"이다.

"미귀환자의 가족으로 자활할 수 없는 사람에게 관청에서 일정한 식량을 지급해서 지방관리가 이를 잘 살필 것"

당시에는 백성들을 전쟁터에 몰아낼 뿐, 이러한 구호 정책은 취하지 않았다. 이것은 획기적인 정책이며, 조조에 대한 신뢰감이 높아진 것은 말할 나위 없다. 그는 비록 넘어졌지만 그냥 일어나지 않았고, 재난을 복으로 승화시킨 것이었다.

게다가 이 다음해 조조는 영내에 "인재 등용"을 내고, 넓게 인재의 추천을 구하고 있다.

이것은 "능력만 있다면, 혹시 형수와 간통했거나 뇌물을 받은 사람일지라도 괜찮다. 재능 있는 자들은 먼저 추천하도록 한다."라는 철칙이 있었다.

조조는 흔히 난세의 간웅으로 묘사되어 있지만, 사실 그는 독특한
정치 철학을 가진 대 정치가이었다.

적벽대전에 출전하기에 앞서 배 위에서
시를 읊고 있는 조조

삼국의 정립 —— 중원제패를 꿈꾸는 영웅과 권모 술수

적벽대전은, 작은 것이 큰 것을 삼키는 형태로 유비·손권 동맹군의 승리로 끝났다. 그렇지만, 이 직후부터 형주를 둘러싸고 유비와 손권의 줄다리기가 시작된다. 강적을 앞에 두었을 때의 동맹은 점차 붕괴되어, 형주를 둘러싸고 밀고 당기는 그 허허실실.

44. 형주를 둘러싼 삼파전

적벽대전 이후, 골칫거리인 형주는 조조·손권·유비에 의해서 삼분된다. 천하 삼분이 실현되기 전에, 모형으로서 형주의 삼분이 현실로 나타났다.

앞에서도 언급한 바와 같이, 후한 말에, 형주는 7개의 군으로 형성되었다. 북부에서 장강 유역에 걸쳐 남양·강하·남군의 세 개의 군이 있고, 장강 이남은 무릉·장사·영릉·계양의 네 개의 군이 있었다.

조조는 패배한 후도 남양과 남군에 부장을 주둔시켜 형주 북부를 확보하고 있었다. 이것에 대해서 손권은 주유와 노숙에 명해서 장강을 거슬러 올라가게 해서 일 년 이상의 격전 끝에, 남군의 강릉을

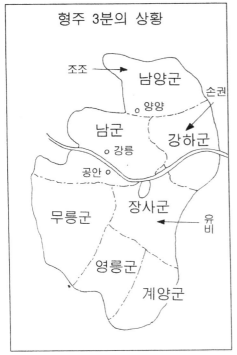

형주 3분의 상황

조조
남양군
손권
양양
남군
강하군
강릉
공안
무릉군
장사군
유비
영릉군
계양군

점령했다. 이 결과 손권은 남군과 강하의 두 개 군을 손에 넣고, 조조는 최북부 남양군만을 확보하게 되었다.

유비는 적벽대전 직후, 장강의 남쪽에 군을 진입시켜서, 무릉 등 네 개의 군을 점령했다.

원래 형주는 후한 말기에는 중국의 최대 주이고, 총 호수 140만 호에다가 총 인구가 626만 명이었다. (당시 중국의 총인구는 4,915만 명)이라고 『후한서』지리지에 기록되어 있다. 전체 중국의 약 13%가 형주에 살고 있던 셈이다. 이후, 황건적의 난과 연달아 일어난 전란으로 말미암아 인구는 격감했지만 그래도 비교적 형주의 피해는 적어, 유비는 그 반수 가깝게 손에 넣은 것이었다.

이것은 전적으로 공명과 오의 육손이 협력해서 추진한 유비 손권 동맹 정책의 성과이다. 그렇지만 양자의 사이에는 점차로 모순이 싹트기 시작했다. 유비는 자력으로 영토를 쟁취하였다고 생각하고 있었지만, 손권 측에서 보면 형주는 일시적으로 유비에게 대여한 것이라 생각하고 있었던 것이다. 조조라는 강적을 사이에 두고 서로 협력하고 있다가, 이 적이 물러난 이상 어제의 동맹이 아닌 것으로 형주는 지금 새로운 삼파전의 무대가 된 것이다.

유비는 유표의 아들로 조조에게 항복을 인정하지 않았던 유기가 형주목으로 형주를 다스리고 있었으나 유기가 병사하자, 스스로 그 뒤를 이어 자리에 오른다.

나중의 일이지만, 유비가 익주를 수중에 넣은 후, 얼마 되지 않아 손권은 형주 남부의 반환을 요구해, 이것이 불화의 불씨가 되어, 관우의 죽음으로 이어져 가는 것이다.

관우와 대치하고 있는 서황

45. 손부인의 엉덩이에 눌린 유비의 희비극

형주의 중부·남부를 둘러싸고 유비와 손권의 미묘한 줄다리기가 계속되었지만, 양자모두 결정적인 대립은 피하고 싶었다. 말할 것도 없이 북방에서 조조의 위협이 더욱 거세졌기 때문이다.

결국에 양자는 정략 결혼을 하기에 이른다. 유비의 정식 처인 감부인은 당양에서 위험을 모면하였지만, 적벽대전 후, 병사하였다. 그래서 유비는 마침내 손권의 여동생과 혼인을 결심한다. 당시는 여성들의 이름을 대부분 기록에 전하고 있지 않아, 그녀도 원래의 성만을 취해「손부인」으로 남아 있다.

유비가 오의 도읍인 건업(난징)을 방문해서 혼례를 치른다, 양가는 사돈지간이 된 것이다.

이 손부인은「재첩용맹하여 여러 남자 형제와도 같이 시비 백여명 모두 칼을 들고 시립하고 있다」(『삼국지』법정전)라고 기술하고 있을 정도로 맹렬한 여성이었다. 즉 두뇌 회전이 빠르고 기가 세어, 오빠인 손책과 손권을 닮았고, 게다가 친정에서 데리고 온 백명 남짓의 시녀들이 칼을 손에 들고 시립하고 있었던 것이다.

그래서 유비는 처의 방에 들어갈 때는 언제나 벌벌 떨었다는 것이다. 유비가 49세가 되던 해였다. 손권은 29살이었기에, 그 여동생은 스물 몇 세이었음에 틀림없다.

오십 가까운 아저씨가 어린 아가씨의 엉덩이에 눌려 벌벌 떨었다는 표현이 재미있다. 그는 아마도 첫날밤을 지내기가 무서웠을 것이다.

이 정략 결혼에 대해서 『삼국지연의』는 대담한 각색을 하고 있다. 즉 오의 지혜 주머니 주유의 헌책으로 손권은 혼례를 핑계로 유비를 끌어 감금해, 형주를 양도하도록 채찍질하였다. 일종의 "미인계"를 쓴 셈이다.

공명은 재빨리 이것을 눈치 채고는 오국태(손권이 부모로서 모시고 있는 숙모)로 하여금 손권의 음모를 저지하고 무사히, 혼인을 성립시킨다, 라는 줄거리다.

손부인은 「맹녀는 영웅을 알아본다」라는 말이 있듯이 유비와의 사이도 좋았던 모양이지만, 나중에 유비가 촉에 들어가 있고 없을 때, 손권이 배를 파견해 강제적으로 친정으로 돌아오게 만들어 버린다.

이때 손부인은 전처인 감부인이 낳은 유선을 데리고 가려고 한다. 귀여웠던 것이 아니고 인질로 삼으려는 속셈이 있었던 것이다. 이것을 알아챈 조운은 장비와 더불어 군대를 통솔해 장강을 막은 다음 실력을 행사하여 유선을 되찾는다.

이렇게 해서 결국, 유비와 손부인은 파국을 맞는다. 정략으로 시작되어 정략으로 끝나게 된 것이다.

예컨대 유비는 촉을 취한 후 유언의 아들 유창의 미망인과 혼인한다. 그녀는 유비가 재위에 오름과 동시에 목황후가 되고, 유비가 죽은 후에도 유선에게 황태후로서 예우를 받는다.

친정으로 되돌아 간 손부인의 그 후의 행방은 알려진 것이 없다.

손부인(상상도)

46. 차려 놓은 밥상조차 먹지 않은 조운의 선견지명

형주의 남부는, 조조가 형주를 침입했을 때, 조조의 항복 권유가 이르기도 전에 재빨리 항복 의사를 표명했고, 또한 적벽에서 조조를 물리친 유비가 군대를 이끌고 오자, 깨끗하게 이 군문에 항복하였다.

이긴 쪽에 따르고, 강한 사람에 굴복해 몸을 지키는 것은 전란 시대의 가르침으로, 책망할 수는 없다. 그렇지만 개중에는 따르는 척, 상대방을 안심시키고는, 역전을 노리는 이들도 있었기 때문에 방심할 수는 없는 것이다.

조운은 형주의 최남단에 있는 계양군에 진주해, 태수 조범을 대신하여 통치하였다. 그는 신장 8척(184센티미터) 신장으로 위풍 당당한 호걸이다. 조범은 그에게 환심을 사 인연을 맺으려고, 죽은 형의 젊은 미망인을 그와 결혼시키려고 했다. 그녀는 그 고장에서 가장 이름난 미인이었다.

그렇지만 조운은

"동성이므로 그 제안을 받아들일 수 없다"고 단호히 거절했다.

현재는 많이 없어졌지만, 옛날 중국에서는 우리와 비슷하게도 동성과의 혼인은 거의 금기시하였다. 그렇지만 조범은 간곡하게

"그렇게 단호하게만 말씀하실 것이 아니라, 맞아들이면 어떻겠습니까. 천하 절색입니다."라며 권유했다.

하지만, 조운은 수긍하지 않았다.

"조범은 단지 쫓겨서 항복을 한 것뿐, 본심은 알 수가 없다. 또한 천하에 아름다운 미인은 많이 있는 법이다."

정말로 조범은 얼마 지나지 않아 도망을 했으므로 본심이 아님이 판명되었다.

*

조운은 관우나 장비와 같이 처음부터 유비와 결의를 맹세한 의형제가 아니라 중간에서 발탁된 인물이었지만, 신의를 중시한 의로운 인물로 사람 사귀기를 좋아했다. 그가 병사한 것은 유비가 죽은 후 6년 지나, 유선이 제위에 오른 뒤였다.

유선은 어렸을 적 두 번씩이나 그에게 의해 구출되어서인지 특히 그에게 친밀감을 느껴 이례적으로 많은 봉토와 작위를 내렸다. 이것은 정사인 『삼국지』에 기록되어 있다.

또, 『삼국지연의』에 의하면, 조운이 병사했다는 소식을 접한 공명은 손을 들고 있던 잔을 던져 버리고는

"참으로 애통하구나. 나라의 대들보가 무너지는도다. 나의 팔 하나가 떨어져 나갔으니 장차 이를 어찌하랴"라고 울부짖으며 발을 동동 구르며 슬퍼했다고 한다.

47. 전성기에 병사한 명장 주유의 무상함

정사에 따르면 적벽대전의 주역은 오의 명장 주유이다. 그는 뛰어난 수군을 통솔하여 압도적인 세력을 자랑하는 조조군을 참패로 몰아넣었다.

그러나 『삼국지연의』에서는 그가 동맹군 참모인 공명의 재능을 질투해 두려워한 나머지, 죽은 척을 하기도 한다. 그렇지만, 뜻밖에도 공명에게 뒤를 들켜서 실패한다. 그리고 전승 후에, 남군의 태수로서 유비와 형주를 다투지만, 다시 공명에게 당해, 분개한 나머지 화살의 상처로 인하여 36세를 일기로 세상을 하직한다. 그때 그는 하늘을 우러러 탄식하며,

"하늘은 어찌하여 주유를 낳았거든 공명은 왜 또 낳으셨는가"

라며 절명했다. 그는 마치 공명을 세우기 위한 존재로 묘사되고 있는 것이다.

그럼 사실은 어떠한가

손권의 진영에서, 노숙이 시종 유비와의 동맹을 추진하는 주장을 갖고 있었던 것에 반해서, 주유는 동맹을 중시하면서도 한편으로는 강한 경계를 하고 있던 것은 사실이다. 그렇지만 공명이 음양으로 지혜를 비교하고 서로 싸운 것은 사실이 아니고 이것은 완전히 『삼

국지연의』의 픽션이다.

주유는 적벽대전 후에, 강릉에 남아 주둔하고 있던 조조의 부장 조인과 장기간에 걸쳐 싸우고, 드디어 강릉을 점령하기에 이른다. 이 싸움에서 쏟아지는 화살에 어깨를 맞아 부상을 입은 것은 사실이다. 그 후, 그는 남군의 태수에 봉해져 강릉에 주둔하게 된다.

그리고 손권이 있는 경(강소성 진강)으로 향하며, 이렇게 진언했다.

"지금 조조는 적벽의 패전 후, 신변에 이상이 일어나는 것을 두려워 병사를 움직일 여유는 없습니다. 부디 이때에 우리 군을 움직여 촉을 점령하는 것을 허락하십시오. 이것이 조조를 쫓아내, 북방을 제패하는 전략의 제일보입니다."

이것은 공명이 이미 융중에서 유비에게 진언한 전략과 똑같다.

손권은 마침내 동의했다. 그리하여 주유는 촉을 정벌할 준비를 위해 강릉으로 되돌아가던 도중, 파구(호남성 악양)에서 군을 일으켰다.

그는 임종 직전에 침상에서 손권에게 상서를 올려, 자신의 후임으로 노숙을 추천했다. 그와 노숙은 유비에 관한 정책에 약간의 이견은 있었으나

"그를 후임으로 쓰신다면, 저는 죽어서도 주공의 은덕을 잊지 않을 것입니다."라며 깊은 신뢰감을 보인다.

또한 이 편지의 마지막 부분에는

"노숙은 충성스럽고 굳세며 일에 임해서는 거리낌이 없으니 넉넉히 유(주유 자신)를 대신할 수 있습니다. 사람이 죽음을 눈앞에 두고 하는 언행은 선한 것입니다. 만일 거짓이라면 유는 죽어도 썩지

않을 것입니다."(강표전)

　그는 비원을 품고 죽었다. 만일 그가 죽지 않았다면, 유비의 촉 입성은 결코 순조롭지 않았을 것이고, 정세는 더욱 복잡해 갔음에 틀림없다.

주유를 문병간 공명. (연환화)

48. "봉추 선생" 방통의 탁월한 능력

공명이 아직 세상에 모습을 드러내지 않았을 때, 양양에서 입에 오르내리던 명망있는 사람 중 하나인 방통이라는 인물이 있었다.

공명은 「복룡(엎드려 있는 용)」이라고 부르는데 반해 그는 「봉추(봉황의 새끼)」라고 부를 정도로 뛰어난 인재였다.

주유가 남도의 태수로 있을 때, 그는 그의 수하였고 후에 주유의 시신을 무사히 오로 돌려보내 오에서 대환영을 받을 정도로 중시되었던 인물이다.

유비는 형주 남부를 손에 넣었을 때, 방통의 평판을 들었지만, 대단한 인물이라고 생각하지 않고, 오히려 뇌양현이라는 작은 고을의 현령을 맡게 한다. 부임한 방통은 웬일인지 전혀 고을을 다스릴 일은 하지 않는다. 따라서 치적이 오르지도 않자, 그는 면직되어 버린다.

『삼국지연의』는 이 부분을 재미있게 엮어내고 있다. 요약해 보면
……

방통은 노숙과 공명으로부터 천거를 받아 형주로 간다. 유비는 그의 능력을 보지 못하고 손권이 저지른 실수를 거듭하고 말아 그에게 뇌양현을 맡기자, 방통은 실망을 하지만, 그대로 따른다. 뇌양현에

부임한 방통은 왜 그런지 술만 퍼마실 뿐 좀처럼 일은 하지 않는다.

이것을 알고 유비가 장비를 시켜 손건과 함께 뇌양현이 있는 형남의 부근 일대를 순시하도록 명했다. 장비는 현으로 달려가 곤드레만드레 취한 모습으로 관청에 나타난 방통을 보고 꾸짖기를 "부임을 하고 나서 백일이나 지났거늘, 네 어찌 감히 고을 일을 내팽개쳤느냐?" 이에 방통은 껄껄 웃으며

"장군은 잠시 자리에 앉아 계시오. 내 곧 여기서 처리해 보여 드리리다."

방통은 그렇게 말하며, 고을 관리에게 밀린 일을 가져 오라 이르더니 보는 앞에서 쌓여 있던 정무를 귀신같이 처리해 버린다.

장비의 놀란 얼굴을 보고야 비로소 노숙이 써준 소개장을 내보이는 것이다. "남의 천거에 의지해 임관되는 것보다 황숙이 알아주기를 바랐다"는 말을 듣고는 더더욱 장비는 감명을 받는다.

장비로부터 그간의 보고를 받은 유비는 탄복을 하며 자신의 잘못을 뉘우친다. 게다가 공명이 와, 사실이 판명되자 방통을 새로이 부군사 중랑장에 임명한다.

그리고 공명의 다른 한쪽 발이 되어 대업을 이루는 큰 일을 하게 된다.

이것이 『삼국지연의』의 줄거리로, 노숙이 유비에게 방통을 소개한 글(방통은 유비와 전혀 만난 적이 없음)의 요지는 정사에도 다음과 같이 기재하고 있기에, 결코 꾸민 이야기는 아니다.

"봉사원(방통의 호)은 겨우 백 리의 현을 다스리는 재능에 비할 바가 아니니 치중·별가(주와 군의 고문) 같은 자리를 맡겨 처음부

터 그 재능을 펴게 할 따름" 다시 말해서 사람은 작은 곳에서는 재능을 충분히 발휘할 수 없다. 그에 상응한 임무가 부여되었을 때야말로 숨겨진 재능까지도 발휘된다라는 것이다.

관우가 형주 총독으로 주둔했던 강릉성의 성벽 잔해.

관우가 사용했던
석재 말 먹이통.
(강릉에 남아있다.)

보는 관점에 따라, 작은 일도 제대로 할 수 없는 사람에게는 커다란 일을 맡길 수 없다는 뜻도 내재되어 있을 수도 있다. 어느 쪽으로 보는 것이 올바른 것인가는 물론 개인적 차이도 있지만, 인사 관리의 맹점을 잘 알고 처리해야 함을 시사해 주고 있는 것이다.

방통(상상도)

49. 교착 상태에서의 서로 다른 세 사람

형주를 둘러싸고 정세는 긴장의 연속이었지만, 유비·손권·조조 세 사람의 고심은 단지 형주 때문만은 아니다. 동시에 주변의 영토 확장을 준비해, 나름대로 도약할 준비를 하고 있었던 것이다. 형주 문제로 고심하는 듯하면서 다른 한편으로는 다른 것에 감시를 소홀히 하지 않는다는 점이 『삼국지』 영웅들의 뛰어난 점이다.

첫째로 유비는 형주 남부를 손에 넣은 직후라 이 내부 정비 체제를 굳건히 하는 것을 주안으로 삼고 공명을 군사 책임자인 중랑장으로 삼아, 영릉·계양·장사의 세 도시를 다스리게 시키고 세금을 징수해서 군사비로 충당하는 한편, 다음 번 익주를 공략하기 위한 대비를 강화시켰다. 그 즈음 공명이 공조 공과(公租公課)의 공평화에 노력한 것이 주목된다. 그때까지는 말이 우선이어서 실상은 실태와 동떨어진 대장(臺帳)에 모든 것을 기인하고 있었는데, 그런 대장을 공명이 새로 정비해 실태를 상세히 파악하도록 시켰던 것이다.

이것은 유비가 촉을 점령하고 난 후의 정책에도 영향을 끼쳤다.

둘째로 손권은 형주를 주유·노숙에 맡기고 번창한 남방으로의 진출을 도모하고 있었다. 좀더 배후 기반을 확고히 하기 위해서였다. 적벽대전 이후 2년이 흐른 건안 15년(210) 그는 신뢰하는 보습을 교주의 자사에 임명한다. 교주는 현재의 광주성·광서성·베트남 북부를 포함한 광활한 지역이다. 교주는 남해·창오·울림·합포·교지·구진·일남의 일곱 개의 군으로 이루어졌으며, 교지는 현재의 북베트남이다.

중국의 세력이 이 지역까지 미친 것은 진나라 전후에서 한의 무제에 의해서 행정적인 구역으로 짜여져 있었지만, 손권은 이것에 특별 지원을 했던 것이다. 보습은 심지가 굳고 강해 적격이어서 사탕과 채찍을 사용해 이들 지역을 안정시켰다. 남방의 진기한 물자를 오에 가져 오게 해, 오의 재정에도 크게 기여하게 된다.

마지막으로 조조는 이 사이, 자주 둔전을 열어 농업과 군사력의 배양에 힘쓰고 있는 것과 동시에, 적벽의 패전 이후 삼년이 지나자 서쪽으로 진출하여 한중, 즉 현재의 협서성을 자신의 세력 아래에 두었다. 오늘날 직접 남진하는 길이 차단된 것은 조조가 관중을 굳건히 한 후 진령을 넘어서 한중을 수중에 넣고 남서부에서 크게 우회해 천하 통일을 겨냥하는 대전략을 구상했던 것에서 비롯된 것이다.

그와 동시에, 내부로는 인재를 등용하는 시책은 앞서 기술한 대로이다.

여기서『인재 등용령』(구현령)의 일부를 소개하고자 한다. 조조가 이것에 거는 열의가 대단했음을 시사하고 있다.

"지금 천하는 말기의 혼란에 빠져 있다. 곧 현명함을 구하는 것이 급한 시기가 되었다. 반드시 인재만을 뽑아 채용한다면, 제나라 항제가 어찌 천하의 패자가 되었겠는가.

남의 여자를 도둑질하고 뇌물을 받았다가 무지에게 천거되었음에

랴.(한의 고조 밑에서 일한 진평은 불의를 저지르고 뇌물을 받았지만, 위무지라는 인물로부터 추천되어서 재능을 발휘했다는 고사를 가르킴) 단지 재능만을 볼 뿐이다."

유비, 관우와 함께 제갈공명을 찾아간 장비

유비, 촉에 입성하다 —— 성도 탈환에 타오르는 유비의 야망

적벽대전 이후, 드디어 유비에게 호기가 찾아왔다. 떠돌던 몸이 드디어 형주 남부의 주군이 되고 게다가 생각할 수도 없었던 낭보가 날아들었다. 촉에 와 주었으면 하는 권유가…… 그리고 그는 그대로 촉을 수중에 넣는다.

50. 익주, 촉이란 어떠한 곳인가

지금까지 여러 영웅이 서로 쟁탈전을 벌인 곳은 주로 황하의 하류, 중원, 장강의 중·하류가 무대가 되었다. 그렇지만 건안 16년 (211) 이래로 익주가 갑자기 새로운 무대로서 각광을 받게 된 것이다.

익주보다는 「촉」을 통하는 것이 유리하나, 촉은 익주의 여러 군 중의 하나인데다, 도읍지가 촉의 성도에 귀속되어 있어, 익주나 촉은 마찬가지인 셈이다. 익주 북부를 촉이라고도 한다.

익주 북부는 현재 팬더로 유명한 사천성이고, 남부는 운남·귀천 양쪽 성을 포함한다. 중국 서남부의 넓은 지역으로, 총면적은 한반도의 거의 다섯 배에 가깝다.

후한 시대는 북쪽보다, 한중·파군·광한·촉군·건위·익주·영창 등 아홉 개 군이 되어, 전 지역이 152만 호에 인구 698만 명으로 기록(『후한서』 지리지)되어 있다.

오래 전, 특히 북부의 한중·파군·촉군 등 삼군은 옛날 진대에서부터 설치되어, 성도 외곽에는 진이 천하를 통일하기 전부터 건설한 「도강방죽」이라는 분수 댐 공사가 그대로 남아 있어 현재도 사천 평야를 적시고 있을 정도이다.

산지에는 소수 민족이 많이 사는데 그 종류만도 30여 개 이상에 이른다.

당시의 심장부인 촉을 중심으로 한 현재의 사천성은 한반도 약 두

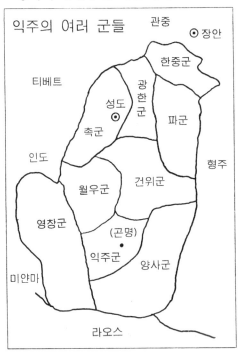

익주의 여러 군들

배의 면적으로 1억 이상의 인구가 살고 있지만, 주변은 산지이므로 평야 지역의 인구 밀도는 꽤 높은 편이다. 현재 장강을 배를 타고 올라 갈 수도 있고 철도망도 그런데로 발달해 있지만, 북경에서 특급 열차로도 38시간이나 걸려, 비행기를 타는 것이 낫다.

그 옛날, 동쪽으로는 장강의 요새인 삼협을 조각배로 건넜으나 북쪽에서는 험난한 진령 산맥을 넘지 않으면 안되었다. 협곡은 좁아 터져 길을 낼 수가 없어 터널을 뚫어 갱을 만들거나 그 위에 판자를 깔아 건넜다

고 하니 이른바 「촉의 철도」인 셈이다. 공명이나 조조가 걸었던 이 철도는 현재까지 사용되고 있는데, 지금도 그 당시 갱을 뚫은 구멍이 단애에 군데군데 남아 있다.

『삼국지』의 후반부에 특히 중요한 무대가 된 것이 최북부의 한중 땅이다.

현재 이 곳은 행정 구역상 협서성에 속하고 있지만, 서천 평야의 지붕이라고 해야 할 정도로, 북쪽은 진령 산맥, 남쪽은 미창 산맥이 솟은 가늘고 긴 분지이다. 장로가 독자적인 종교 집단을 세운 적도 있어, 후에 조조가 한때 점령하다가 후반에는, 공명이 여기를 기지로 해 위에 대항하여 북벌을 계속 감행했다는 대무대인 것이다.

성도에는 후한 말, 전한 왕실의 피를 이은 유언이 자사(도지사)로 진출해, 한중의 장노와 손을 잡고 서서히 후한 정부로부터 독립하려는 징조가 나타나고 있었다.

유언의 사후, 아들 유장이 뒤를 이었지만, 그는 아버지와 달라 온후한 반면, 부장으로서의 결단력이 결여되어, 혼란기에 대처하는 전략도 갖고 있지 않을 때였다.

51.「오두미도(五斗米道)」의 창시자 장로

후한 말, 익주의 한중 땅에서는 해괴한 일이 횡행하고 있었다. 이것이 바로 유비로 하여금 촉에 입성할 수 있는 발판을 만들어 주는 계기가 된다.

이 종교는 동부에서 진압된 황건적과 비슷한 도술의 일파로「오두미도」라 불리어졌다. 신자는 감사의 예의로 곡물 다섯 되를 내면 된다라고 하여 붙여진 이름이다.

그 지도자인 장로는 조부인 장릉, 아버지 장형의 뒤를 이어서 도술을 익혀, 독자적인 교리와 운영 조직을 만들어 한중 땅에 종교국을 건설하였다.

병자가 생기면「정실(조용한 방)」에 들어가 참회를 시키는 일종의 정신 치료법을 실시한다.

「치(治)」라는 교구를 나누어, 제사와 행정을 맡는「제주」라는 소임을 준다. 그 아래 신사를 행하는「귀리(鬼吏)」와 악행을 담당하는「간령(姦令)」을 두었다.

그리고 일반 신자들을「귀졸(鬼卒)」이라고 칭했다.

장로는「천사(天師)」이다.

각 교구에는「의사(義舍)」가 있는데 언제나 음식물이 준비되어 있어, 배고픈 여행자는 필요한 만큼 가져갈 수 있었다. 단지 필요 이상 가져가면 병에 걸린다.

하찮은 죄는 도로를 백 보 정도 보수하면 용서되었다.

금주가 지켜지고, 봄과 여름은 살생도 금지시켰다. 번식을 방해하지 않기 위해서였을 것이다.

이러한 통치가 30년 가깝게 계속되어 한중 지방은 잘 다스려지고 장로에 대해서 「왕위」에 오를 것을 권유하는 사람도 있었지만, 장로는 필요치 않다고 거절했다고 한다.

원래 장로와 유언의 선조들은 가족과 같이 왕래가 빈번하였는데, 유장의 대에 이르러 왕래가 끊기고 원수지간이 되었다. 유장은 익주 목(지방 장관)이 되었지만, 장로는 관여치 않고, 따르지 않으려 했다.

유장은 분개하여 장로의 어머니와 남동생을 살해해, 이 두 집안은 철천지 원수지간이 되었던 것이다. 그리고 유장은 자주 장로를 토벌하기 위해 군대를 파견했지만, 언제나 실패로 끝났다.

*

그러한 때, 조조가 형주 북부를 공격했다는 소식이 들렸다. 형주 북부에서 한수를 거슬러 올라가면 한중 땅이다.

유장은 조조에게 특사로서 장송이라는 부하를 파견하였다. 그러나 조조는 이때 이미 유비를 남쪽으로 패주시켰던 터라, 유장의 사자인 장송을 냉담하게 대했다. 장송은 성도에 귀환하자 조조를 나쁘게 말하고, 오히려 같은 성씨인데다 왕실의 피를 이은 유비를 가까이 해야 한다고 진언했다.

이것에 동의한 유장은 장로를 토벌하기 위한 방편으로 유비를 초
대하기로 결정한 것이다.

평원 유적에서 편형내행 화문경 (직경46.5㎝)
전한·후한시대의 것으로 추정된다.

52. 유비를 익주에 초대한 괸 원들의 진의

—— 조조가 장로를 토벌하기 위해 한중의 군대를 파견하고 있다.

이 정보를 들은 익주 목 유장은 지레 겁부터 먹었다. 한중의 장로와 지금은 적대 관계이지만, 이것을 토벌한다는 명목으로 쳐들어오는 조조는 더 무섭기만 하였다. 하물며 장로가 조조의 선봉이 되어 촉의 평원을 공격해 오면 어떻게 할까.

이때 장송이 진언하기를

"만일 조조가 장로의 군수 물자를 이용하여 촉을 침공해 온다면 막을 수 없습니다."

"미안한 일이나 그것은 묘책이 아닌 듯하오."

"유예주(유비)는 주공과도 혈연이 같고, 게다가 조조의 적이니 그에게 장로를 토벌시키면 어떨까요, 그래서 장로까지 멸한다면, 조조가 침공해 온들 무서울 것은 없습니다."

유비는 전한 경제의 아들로 중산왕 유승의 후예이고, 유장 또한 경제의 아들인 노왕의 후예이므로 어쩌면 형제지간이 될 수도 있지만, 이미 300년이나 지난 터라 어떤 확증은 없다. 그렇지만 선조가 형제라는 것만으로 친밀감은 더했다.

"그것이 묘안인 듯하나 사자는 누구로 하면 좋겠는가."

장송은 자기와 가까운 군교위인 법정을 추천했다. 두 사람은, 우유 부단한 유장에 단념해, 유비를 익주의 새로운 주인으로 맞이하려고 획책하고 있었던 것이다.

아무것도 모르는 유장은 이것을 묘책이라 판단해, 법정에게 군사 4천을 주어, 많은 선물과 함께 형주에 있는 유비에게로 파견하였다.

유비에 있어서는 생각지 못한 낭보가 아닐 수 없다. 마치 호박이 덩굴째 굴러 들어온 것이다.

더군다나 법정은 유비를 익주의 새 주인으로 맞이하고 싶다라는 진의를 밝혀, 영내의 병기, 식량, 사람과 말의 수량, 상세한 지도까지 제공했다.

유비가 승낙한 것은 말할 것도 없다.

그는 관우·공명을 형주에 남기고, 수만의 병졸을 이끌고 장강을 거슬러 올라와 익주에 들어가 성도에서 가까운 부성(사천성 면양시)에 도착했다. 유장은 3만의 병졸들을 이끌고 성대한 출영을 하고, 양자는 서로 상대에게 높은 관직을 수여하고, 연일 연회를 베풀기를 백일이나 계속하였다. 한가롭게만 보일 수도 있지만 결코 아니었다. 유비는 가슴에 어떤 생각을 품고 있었을까. 이것을 모르는 척 드러내지 않고 유장과 함께 시간을 보내는 것만으로 그는 왕도와 패도를 함께 구비한 정치가로서의 자질은 충분히 있는 것이다.

장송과 법정은 유비에게 양자 회담의 자리에서 유장을 암살하도록 제의했다. 그러나 유비는 진정 이것을 거절하고, "중대한 일이니 성급할 필요는 없다"라고 말한다.

반면에 유장은 친절히도 유비의 군대를 증강해 주고, 유비는 3만의 군사를 이끌고, 마침내 「장로를 토벌하기 위해」 한중으로 향했다.

후한을 세운 유수(한무제)의 상상도

53. 장송의 음모 발각과 방통의 최후

유비는 유장의 위로를 받고, 장로를 토벌하러 북상했지만, 한중의 앞인 가맹관에 진채를 세운 채로 움직이지 않고, 오로지 선정만을 베풀며 주민의 호평을 얻었다.

다음 해 건안 17년(212) 유비는 손권으로부터 전갈을 받았다. 조조가 다시 남쪽 정벌을 계획하고 있어, 급히 원조를 부탁한다는 것이다.

유비는 성도의 유장에게 사자를 보내, 구원을 하기 위해 형주로 돌아가야 한다는 말과 함께, 그로 인해 병사 2만과 군수 물자를 빌리고 싶다는 의사를 밝혔다.

이것은 먹히지 않을 부탁인지라, 유장은 겨우 병사 4천과 절반 정도의 군수 물자를 빌려 주겠노라고 했다.

유비는 부하들을 모아놓고 유장의 그와 같은 태도를 비난했다. 그런 뜻밖에도 의외의 사건이 발생했다.

유비가 촉을 떠난다는 이야기를 들은 장송이 유비와 동행하고 있는 법정에게 편지를 보내, 익주를 빼앗는 대업을 눈앞에 두고 왜 떠나는 것인지를 물었다. 이것이 장송의 형으로 광한군의 태수인 장숙을 통해서 유장에게 발각되어 장송은 그 즉시 유장에게 잡혀 죽임을 당하였다.

이 사건으로 말미암아 유비와 유장의 사이는 단번에 적대 관계가
되었다.

유비는 방통의 헌책에 따라 형주로 되돌아가는 척하고 가맹관을

방통이 전사한 「낙방파」(사천성 덕양현)

협의하고 있는 공명과 방통.

떠나, 도중에서 갑자기 돌아와서 성도를 급습하게끔 한다.

유비군은 가는 곳마다 승리했다. 예전에 유장의 환영을 받은 부성까지 진격한 유비는 그곳에서 성대한 연회를 베풀고는 방통을 향해서 "오늘의 연회는 실로 유쾌하다"라며 기뻐했다. 이를 본 방통이 "남의 나라를 치고, 즐거워한다는 것은, 어진 이의 군사 부리는 법도가 아닙니다."라고 말했다고 『삼국지』방통전에 나와 있다.

이것은 방통이 말한 대로 유비의 아픈 곳을 찌른 것이다. 유비는 노하여 "어서 물러가라"라고 소리쳤지만, 이내 후회하고 그를 다시 불렀다. 여하튼 사물에 구애되지 않고 마음대로인 면은 있었지만, 곧 뉘우치는 면도 있는 것이 유비답다. 공명과 방통같은 지략가가 유비에 홀딱 반해 버렸던 것은 이러한 꾸밈이 없는 유비의 성격에 있는 것이 아닐까.

유비군은 더욱 진격하여 낙성(사천성 광한시)을 포위했다.

이 작전 중에, 방통은 쏟아지는 화살 비에 맞아 전사하고 만다. 그의 나이 36세였다. 유비는 그를 자주 떠올리며 눈물을 흘렸다 한다.

지금 광한시의 북쪽에 「낙봉파」라고 불리는 옛 전장터가 있는데 깊은 송림의 속에 방통을 제사하는 웅장한 묘가 세워져 있다. 그 속에 방통과 공명이 지략을 짜내고 있는 동상이 장식되어 있지만, 사실은 이 때 공명은 아직 형주에 머물고 있었다.

54. 성도를 탈취한 유비의 전후 처리

「큰 그릇」으로 불리는 인물은 특히 모순을 지니는 요소가 있었지만, 유비도 심한 모순된 점을 지니고 있었다. 방통이 그에게 조속히 익주를 빼앗으라는 진언을 했을 때, 그는 「신의로는 할 수 없다」라고 말했다가, 방통의 설득으로 마지 못해 허락하고 있다. 망설였던 것은 거짓이 아니고, 본심이었던 것이다. 그리고는 드디어 성도의 공격이 임박하자, 「실로 즐거워하여」 또 방통으로부터 나무람을 당한다(앞 페이지).

자기를 초대해 준 유장의 성도를 공격하게 되었을 때, 이미 그에게 있어서는 「탈취」라는 것에 대한 망설임은 없이 맹공격을 감행한다.

그렇지만, 유장의 저항은 의외로 강했다. 그는 우유부단한 성격으로 난세의 군주로서는 적합하지 않아, 그 때문에 장송과 법정에게 배반당했을 정도였다. 그러한 유장에 심복하고 있던 부하도 적지 않아 그는 필사적으로 방어에 나섰다.

성도의 방어진지인 낙성은 유비군에 포위된 지 1년이 넘도록 버티었다. 유장의 부장 장임은 성에서 출격하여 생포되었는데 항복하라는 권유를 했는데도 끝내 묵살해 죽임을 당할 정도로 유장의 부하들은 전의에 불타고 있었다.

낙성을 공격하다가 방통까지 잃은 유비는 형주에 사람을 보내 공명을 불러들였다. 공명은 형주에 관우를 남기고 장비·조운과 함께, 구원하러 급히 달려왔다.

결국 성은 함락되고 유비군은 성도에 쇄도했다. 수십 일 동안이나 포위를 당했어도 성도의 성안에는 3만의 군사도 있었고 의복과 음식도 일년 분량을 비축해 놓고 있었다.

장병의 전의는 그런데로 왕성해 있었지만, 유장은

"우리 부자는 익주에 머물기를 20년, 백성에게 은덕을 베푼 적은 없었다. 지금 햇수로 삼 년에 걸쳐 싸움에 몰두하여, 죽은 이들의 뼈와 살이 전선의 들에 비바람을 맞히고 있는 것은 나의 탓이다. 어찌 마음 편안히 살 수 있을까."라며 눈물을 흘린다.

드디어 유장이 항복을 결심하고 성을 나오자, 이를 보고 눈물을 흘리지 않은 부하는 한 사람도 없었다고 한다.

유비는 유장을 형주의 남군으로 보내고 재산과 직책은 몰수하지 않았다(후년, 손권이 관우를 토벌해 형주를 탈환했을 때, 유장은 손권으로부터「형주 목」에 임명되었고 주경에 머물다가 세상을 떠났다).

권모 술수에 밝더라도 이기거나 지는 것에 상관없이 때로는 이러한 인정미가 있는 것이『삼국지』의 매력의 하나일 것이다.

유비는 익주 목이 되어 공명은 그대로 군사로, 법정을 촉군 태수, 관우·장비·마초를 군사부문의 책임자로 삼고, 이제까지 유장에게 중히 등용되었던 동화·황권·이엄, 거기에 유장의 친척인 오의·비관 등을 그대로 높은 지위에 두고, 그밖의 문무 벼슬아치들에게도 재능에 따라 후한 상과 벼슬을 높여 주었고 새롭게 했기에, 의욕이 있는 사람은 당연히 신정권에 협력하게 되었다.

건안 19년(214)가을. 유비가 처음으로 공명을 만나고 나서 7년째의 일이다.

성도의 발상지 무항산. 성도는 주시대의 촉왕의 도읍으로 부흥하여 진대에 와서 토성을 축성하여 오늘의 기초를 닦았다.

55. 한의 고조 "법삼장"과 공명의 점령지 정책

촉(익주)에 입성한 유비는 익주 목사가 되어, 공명은 그 보좌가된 셈이지만, 직명은 아직 「재상(宰相)」이 아니었다. 이는 아직유비가 황제에 오르지 않은 것이 아니라, 「목사」는 지방 장관이기때문에 그 아래에 재상은 있을 수 없는 것이다. 당시 공명의 직책을정식으로 말하자면 군사장군·좌장군부사이다. 좌장군은 유비의 관직이다. 당시 한의 조정은 이름뿐이고, 실력자들은 「상연」했다는형태로 제멋대로 관직을 칭하고 있었다. 좌장군부사라는 것은 좌장군인 국방 장관이라고 했을 것이다.

여하튼 촉의 통치에 관한 실무는 공명의 손에서 행해지지만, 그정책은 의외로 엄하였다. 인사에 대해서는 유장 시대의 사람을 우대하는 등, 원만한 정책을 취할 수 있었지만, 다른 행정에 관해서는법령과 법정을 엄하게 다스려, 위반자는 엄벌에 처했다.

거기서, 법정이 「한 고조의 삼장」이라는 고사를 인용해서 의견을상세히 올렸다. 이 고사는, 전한의 창시자인 고조(유방)가 진의 도읍인 함양을 단번에 점령했을 때, 그 점령지의 장로들을 모아 놓고「지금까지의 진에서 행했던 가혹한 법령을 일체 폐지하고, 이번의법령은 삼장(三章) 정도의 간략한 것으로 한다」라는 선언을 해,

환영을 받았다는 데서 유래한다.

법정은 공명에게 이렇게 말했었다.

"고조의 예를 따라서 법령이나 형벌은 원만하게 해 주길 바랍니다. 무력으로써 이 땅을 지배한 지 얼마 되지 않아 아직 은혜를 베풀지는 못했습니다. 외부에서 온 사람이 원래부터 있던 사람에게 대한 배려라는 뜻에서라도 금지하는 제도는 늦추고 민심을 바로 잡아야 할 것입니다."

그랬더니 공명은 이렇게 답하였다.

"그대는 하나는 알고 둘은 모르는구려. 진나라의 경우는 그때까지 가혹하게 법령도 까다로웠기 때문에 백성은 이것을 원망하였고, 가볍게 해 준 고조의 방법을 환영하게 된 것이오. 그런데, 유장의 경우는 마음이 나약하고 지나치게 부드러워 위아래의 구분이 없었소. 은혜와 사랑만으로 의지한다는 것은 그러한 폐단이 있소. 그래서 더더욱 나는 모든 것을 엄격히 하고 법에 따라 확실히 다스릴 작정이오. 세상을 다스리는 것은 명확히 할 필요가 있는 것이오."

이 문답은 『삼국지』 제갈량전에 주석을 달은 배송지가 소개하고 있는 것으로서 당시 점령 정책의 상황과 관련하여 논의된 것일 게다.

「법은 삼장만으로」이라는 생각이 뛰어나다고 하여 언제나 어떤 경우에도 그것이 옳다고 할 수는 없다. 정치는 법과 덕 등이 유기적으로 결합해야 하는 것이며 어느 한 곳에 고정되어야 하는 것이 아니라는 것은 과연 공명다운 탁월한 식견이었다.

촉의 수도 성도의 복원도

제 3 장

중원 패권의 야망과 음모

한중 쟁탈전 —— 중원에 사슴을 쫓는 세 사람의 인간 면모

건안 20년(215) 양평관의 싸움에서 조조는 장로를 항복시키고 한중을 차지했다. 4년 후 유비는 한중을 장악한다. 그 동안 남북으로 세 사람의 동향은 복잡미묘해 서로간에 연대하면서 맞붙는다. 그들의 동향을 추적해 보면…….

56. 조조를 감동시킨 장로의 탈출 뒷처리

건안 20년(215) 3월, 조조는 스스로 군을 인솔하여 한중 공략에 나섰다. 적벽에서 패했다고는 하나 형주는 단념할 수가 없었다. 그러나 손권과 유비가 문제를 안고 있었으면서도 아직 동맹을 맺고 있는 상태에서 다시 침공한다는 것은 무리였다. 한편, 익주의 중심부는 유비의 손에 떨어지고 말았다. 조조는 선수를 쳐서 익주의 북부인 한중을 공략하려고 한 것이었다. 그는 장안을 지나 관중을 횡단하고 산관에서 진령산맥의 서부로 진입해, 저족의 수령 빈무를 토벌하였다. 저족은 당시 지금의 감소성 일대에서 활동하고 있었던 티벳계의 민족이다. 또한 이 지방의 호족을 중앙에 반감을 가지고 있었던 한추까지도 굴복시키고 한중의 서쪽 관문인 양평관으로 군을 진격시켰다.

목표는 한중에 「오두미교」라는 독자적인 종교집단을 만든 교주

장로였다. 장로의 아우 장위가 양평관에 의지해 저항하였으나 시기의 흐름을 잘 파악한 조조는 이것을 공격하여 마침내 한중을 침공한다.

장로는 투항하려 하였으나 "지금 쫓기는 상태에서 항복을 하게 되면 가벼이 보이게 될 것입니다. 그것보다는 좀더 저항하다가 항복하는 것이 나을 겁니다"라고 조언하는 이가 있어, 그 말이 옳다고 판단한 장로는 남하해 파군으로 탈출하였다.

그때 측근에는 보물이나 재물을 수납한 창고를 태워 버리자고 했으나 장로는 이것을 저지하고 이렇게 말했다.

"나는 원래 나라에 반역을 할 뜻은 없었으나, 그 뜻을 이루지 못했다. 지금 탈출하는 것은 난국을 피하기 위한 것일 뿐 다른 뜻은 없다. 재물은 개인의 것이 아니고 나라의 것이다."

그리고 나서 창고를 봉인한 다음 떠났다.

조조는 한중 군의 남정(협서성 한중시)에 입성하고 나서 그 사실을 알고 깊이 느낀 바가 있었다.

그래서 장로의 그 뜻을 높이 기려 파군에 사자를 보내어 위로하는 동시에 항복을 권유하였다. 그 결과, 장로는 가족 전부를 이끌고 마침내 투항하였다. 조조는 그를 흔쾌히 맞이하는 한편 그에게 진남장군으로 봉하고 낭중의 제후로 삼아 일만 호의 봉토를 주었다. 게다가 다섯 명의 아들을 열후로 봉하고 장로의 딸은 아들 팽조의 아내로 맞이하는 등 실로 파격적인 예우를 하였다.

이것은 조조가 익주를 손에 넣은 유비의 존재를 의식한 탓도 있었지만 어지간히 장로가 마음에 들었기 때문이었으리라.

본디 조조는 황건적의 난에서 진압 작전을 행했다고는 하나, 그들에게 많은 이해를 나타내 보였고, 그가 황건적의 잔당을 규합하여 청주군 백만을 조직할 수 있었던 것도 이러한 까닭이 있었다고 여겨진다.

조조는 그의 독특한 실리 때문만이 아닌, 심정적으로 황건적의 무리나 오두미교의 공조자였는지도 모르겠다.

장로 개인은 이것으로 종말을 고했으나 그의 종교 집단이 그 후 어떻게 되었는지는 알 수 없다. 하지만 장천사 64대 손은 지금까지 대만에서 「법등」을 보존하고 있다고 한다.

조조가 정욱의 계책을 듣고 있다.

57. 용을 얻고도 촉을 바란다는 고사의 유래

이미 하나의 소원을 이루고도 만족하지 않고 그 이상의 소원을 바라는 것을 득롱촉망(得隴蜀望)이라고 한다.

예를 들어 어느 기업이 업계에서 55퍼센트의 시장 점유율을 가지고 있는데, 다음 해에는 60퍼센트로 하자는 제안이 나왔다고 하자. 그에 반론하기를 단순히 "욕심이 지나쳐서는 안 된다."라고 하는 것보다 "그것은 롱을 얻고서 촉을 바라는 것과 같다."라고 하는 편이 설득력이 있을 것이다. 단, 상대가 이 말뜻을 이해하지 못하면 이야기가 되지 않지만…….

이 고사는 『삼국지』에 있는 조조의 한중 공략의 유래에서 파생된 것이다.

조조는 진령의 서쪽 끝, 지금의 감소성 남동부(롱)을 거쳐 한중을 장악했다. 이때 사마 중달이 조언하기를

"유비는 유장을 속이고 촉을 취했기 때문에 사람들은 심복하지 않고 있습니다. 그런데도 멀리 형주에서 오와 영토 쟁탈을 벌이고 있습니다. 이 기회를 놓쳐서는 안됩니다. 한중을 손에 넣게 되면 익주는 스스로 대혼란에 빠질 것입니다. 그것을 틈 타 공격하면 적은 금새 붕괴될 것입니다. 그 승세를 몰아 나아가면 촉을 쟁취할 수 있

을 것입니다."

그러나 조조는 고개를 내저으며,

"사람의 욕심은 끝이 없는 법, 이미 롱을 얻었는데 이 이상 또 촉을 바랄 필요가 있겠는가?" 이 이야기가 사실인지 아닌지는 의문이 있다. 조조라 한들 촉을 바라는 마음이 없을 리 없다.

그러나 조조는 극히 현실적인 정치가이며, 극단적으로 보급로가 길어진 경우의 위험성을 인식해 사마중달의 계책을 물리쳤으리라는 것도 충분히 납득할 수 있다.

조조는 그 후 4년 후에 다시 한중을 공략하고 그 때에도 「계륵(鷄肋)」이라는 고사를 남기고 있다.

조조의 한중 작전은 고사명언의 출전으로서도 예나 지금이나 사람들의 흥미를 끌어들이고 있는 것이다.

익주의
여러 군들

166

58. 조조의 한중 지배와 위왕 등극의 정치적 배경

한중을 평정한 조조는 하후연을 도호 장군으로 임명해 장합과 서황 등을 인솔하여 巴郡(파군)을 평정하였다.

한중과 파의 양군 즉, 익주의 북부가 조조의 지배하에 들어간 것은 큰 의미를 지니고 있다. 익주에 갓 탄생한 유비 정권은 끊임없는 북으로부터의 위협을 의식하지 않으면 안되었다. 하후연은 조조와 동향으로 거병 이래 행동을 같이하여 수많은 전과를 올렸다. 그의 처는 조조의 아내의 여동생으로 조조와 하후연은 동서 지간인 셈이다. 또한 그의 장남은 조조의 조카딸과 결혼하는 등 조조와는 혈연으로 맺어진데다 조조에게 있어 신뢰할 수 있는 대장이었다.

장합은 본래 원소를 섬겨왔고, 관도의 싸움에서 조조에게 투항해왔으나, 싸움에 경험이 많은 장수로서 이 또한 신뢰할 만하였다.

조조는 그들에게 한중을 맡기고 다음 해인 건안 21년(216) 2월, 업군으로 귀환하였다. 업군에서는 조정 일들이 산적해 있었다.

5월에 그는 종래 승상의 지위에서 위왕으로 승진했다. 애초에 위공의 지위에 올랐을 때, 순욱의 반대 의견이 있어 순욱의 자살이라고 하는 희생을 치렀음에도 이번에는 아무 의의를 제기하는 자가 없었다.

하지만 그리 쉽게 승진한 것은 아니다. 위장된 수속이 필요했다. 『헌제전』에 따르면 그 경위가 소상히 적혀 있다. 우선 헌제가 「넓고 은혜로운 칙서」를 하사하여 조조의 공적을 늘어놓아 그를 위왕의 자리에 올려놓으려 한다. 물론, 이것은 헌제의 본 뜻은 아니었다. 헌제의 입장에서 보면 지난 해, 조조의 손에 복황후와 두 황자를 잃은 후부터 천자는 이름뿐인 허수아비에 지나지 않았다. 더욱이 조조는 그 후 자신의 딸을 강제적으로 헌제에게 주어 황후로 들어앉혀 자신은 황제의 장인이 되었다. 헌제는 그때야 이러한 칙서를 내는 것으로 겨우 천자로서의 명맥을 유지할 뿐이었다. 그 칙서에는 역겨울 듯이 조조에 대한 찬사가 극에 달하고 있었다.

그러나 조조는 그 칙명을 받드는 것을 사양한다. 헌제는 거듭 왕위를 받들도록 칙서를 내리고 조조는 사양하기를 세 번, 그러다가 마지못해 받아들여 마침내 위왕의 자리에 오른다.

겸양의 미덕을 보이고, 보다 더 권위를 높이기 위한 겉치레임에 분명하나 이것이 유교에 의해 연출되어진 역대 왕조의 의식이었다.

게다가 헌제는 위왕이 된 조조의 딸을 「공주」라 하여 하사품을 대신해 영지를 내렸다. 이미 헌제는 조조의 꼭두각시에 지나지 않았던 것이다.

조조는 종요를 상국에 임명하였다.

이리하여 내부의 정치 체제를 정비한 조조는 남방의 정세에 눈을 돌리고, 그 해 겨울 손권을 치기에 이른다.

59. 유비, 손권이 형주 분쟁을 타결하게 된 이유

조조의 한중 공략에는 뜻하지 않은 정치적 영향이 있었다. 그것은 유비와 손권의 관계에 의한 것으로, 유비가 익주를 손에 넣었을 때 손권은 성도에 사자를 보내어 형주의 여러 군들을 반환하도록 요구 하였다. 손권으로서는 적벽대전에서 이기고 형주를 조조로부터 쟁 취한 것은 오의 힘이고 기지를 갖지 않은 유비에게 일시적으로 대여 하고 있었으므로 유비가 익주라는 항구적인 근거지를 취한 것이고, 반환이라는 것은 당치않은 것이었다.

이 교섭을 위한 사자로서 익주로 향한 것은 공명보다 일곱 살이 위인 형 제갈근이었다.그들은 형제이면서도 진영을 달리하고 있어 서「공회에는 상견하고 끝나서는 나에게 얼굴조차 마주하지 않는다 」(『삼국지』제갈근전)였을 정도였다. 공적으로 만날 뿐이었고 사 적으로는 얼굴을 대하는 일이 없었다는 것이다. 아마도 서로가 오해 를 피하려 했던 배려인 것 같다.

그러나 이 회담은 실패로 끝났다. 유비는「지금 양주(감서성)를 노리고 있기 때문에 이것을 확보하면 형주는 포기하겠다」라고 명백 한 지연 작전을 한 탓이었다.

손권은 분개하여 장사, 계양의 삼군의 태수를 임명하여 반격을 하기로 했다. 그러나 관우는 그들을 실력으로 저지하였다. 화가 난 손권은 여몽이 지휘하는 2만 대군을 파견하여 이를 쟁취하는 한편, 노숙에게 일만의 병사를 주어 장사군의 파구(호남성 악양시)에 주둔시켰다. 손권 자신은 육구(호북성 가어현)에 진을 쳤다.

유비는 멀리 장강 남부의 공안(호북성 공안)까지 출진하여 관우에게 삼만 대군을 인솔하게 하여 익양(호북성 익양시)를 향하게 하여 양군은 여기서 대치하여 바야흐로 전쟁의 기운은 감돌기 시작한 것이었다. 유비, 손권의 동맹은 결국 분열을 맞이하듯이 보였다.

조조가 한중을 치려한다는 급보가 닥친 것은 바로 이때쯤이었다. 여기서 유비가 손권과 싸우고 있으면 조조는 익주에 깊숙이 침입할지도 모른다. 그것은 유비에 있어 치명적인 것이고 손권에 있어서도 결코 이익이 되는 일은 아니었다.

유비는 사자를 보내어 손권에게 화친을 청했다. 손권은 제갈근을 파견하여 이에 응낙하고 이에 형주의 분할 교섭은 성립되었다. 동정호에 유입하고 있는 상수를 경계로 하여 형주의 동쪽 반을 손권이, 서쪽 반을 유비가 갖는 것으로 양분하였다. 즉 손권은 장사, 강하, 계양의 삼군을 차지하고 유비는 남군, 영릉, 무릉의 삼군과 장사군의 서부를 차지하게 되었다.

원래는 적벽대전 후 혼란한 틈을 타 닥치는 대로 뺏고, 빼앗기고 하였지만 이것은 유비에게는 상당한 양보였음으로, 한중으로 조조가 침입한다는 상황하에서는 어쩔 도리가 없는 것이었다.

조조의 한중 공략은 유비, 손권의 관계 회복이라는 뜻하지 않은 효과를 가져 온 것이다. 그러나 유비가 성도에 돌아왔을 때 조조 자신은 한중에 하후연을 남기고 돌아와 있었다.

오(吳)의 황제에 오른 손권

60. 조조 유비의 대결 — 조조가 내뱉은 "계륵(鷄肋)"의 뜻

건안 23년(218) 유비는 한중으로의 출병을 단행하였다.

그는 공명을 성도에 남겨 뒤처리를 부탁하고 법정 등 모든 장수들을 거느리고 우선 양평관에 진출하여 하후연, 장합 등과 대치하였다. 다음 해 봄, 유비는 한수의 상류를 건너 이동하고 정군산 기슭에 진을 친다.

유비는 법정을 군사로 하고 고지에 진을 친 황충을 출진시켜 격전 끝에 하후연을 베었다. 그 여세를 몰아 남정을 정복하기에 이른다.

이에 조조는 한중 쟁탈을 위해 스스로 대군을 몰아 장안을 출발하여 진령 산맥을 횡단하고 애사도의 난소를 통하여 한중의 분지를 내려다 볼 수 있는 고지에 진을 쳤다.

유비는 "설령, 조조라 한들 이곳에 적극적인 공세를 할 수는 없을 것이다. 끝까지 지켜보는 수밖에."라고 판단하고 요새를 더욱 견고히 해 지구전에 대비하였다. 조조 군의 식량이나 지원군의 보급은 험한 「기도」를 통과하지 않으면 안 되었다.

대치전의 양상은 수 개월이 지나도 유비의 진채는 까딱하지 않았고 반대로 조조군의 손실과 군사들의 피로는 날로 쌓여져 갔다. 조조가 갈팡질팡하던 어느 날, 요리사가 내온 국물 속에 「닭 갈비」가 들어 있었다. 조조가 그것을 보고 무의식중에 잠시 생각에 잠겨있을 때, 하후돈이 그날 밤 명령을 물으러 왔다. 조조는 무심결에 생각하던 것을 발설하며 "계륵이로구나"라고 중얼거렸다. 하후돈은 무슨 뜻인지 영문도 모른 체로 그것이 명령이라고 판단하여 전 군에게 "오늘 명령은 계륵이다!"라고 전했다. 아무도 그 뜻을 헤아리지 못했으나 오로지 서기관이었던 양수라는 이가 철수 준비를 시작하였다.

하후돈이 그 이유를 물으니 양수는

"닭의 갈비는 먹고자 하여도 살이 없어 버리기에는 아까운 법입니다. 그러나 결국에는 버리게 되는 것이지요. 지금 전하는 진퇴의 기로에서 서서 계륵이라고 하셨으니 머지않아 철수하실 것입니다." 하고 풀이하였다.

하후돈을 비롯한 모든 장수들은 과연 그렇다라고 판단하여 서둘러 철수 준비를 하였다. 그 말을 들은 조조는 격분하여 양수를 참수하였다.

이상의 이야기는 『삼국지연의』에 나오는 유명한 고사이다.

조조가 귀환 명령의 뜻으로 「계륵」이라고 말하고 그 뜻을 오로지 양수만이 깨달았다는 이 하나의 사건은 『삼국지』 주석의 문헌에 나와 있으나 조조가 격노하여 양수를 처형했다고 하는 이야기는 나와 있지 않다. 단지 양수는 조조의 차남 조식의 참모이고 조식의 방만한 행동을 못마땅하게 여겨왔던 조조가 조식을 반성시키고자 양수에게 죄를 뒤집어 씌어 처형했다는 사실은 기록으로 남아 있다. 『삼국지연의』의 작자는 이 두 가지 사실을 결부시켜 재미있는 일화를 만들어 낸 것이다. 조조가 한중을 포기하고 철수한 것은 사실이다.

61. 한중왕의 지위에 오른 유비의 독자 노선

조조의 철수로 한중은 완전히 유비의 것이 되었다. 여기서 그는 한중왕의 지위에 오르는 것이다.

본래 한대에는 군현제와 군국 제도가 병존하고 있었다. 전자는 진나라에서 시작한 중앙 집권 제도였고 후자는 전통적인 봉건 제도이어서 이를 공존하게 하였다. 우리의 상식으로서는 한나라에 두 가지 제도가 존재한다는 것은 납득하기 어려우나 방대하고 오래된 중국에서는 있을 수 있는 일이다.

군과 국과는 행정상의 짜임으로 볼 때는 같은 모양이나 군을 통치하는 것은 중앙에서 파견된 관리이고, 나라는 왕족이나 또는 공신인 제후가 통치한다. 유비는 익주의 목이라는 관리의 신분에서 한중의 왕이라는 신분으로 격상된 것이다.

이것은 3년 전 조조가 「위왕」에 등극한 것에 대한 반발 심리인 것이다.

유비의 「한왕」 등극은 예에 따라 모든 신하의 천거를 받아 어쩔 수 없이 오른 형식을 취했다. 마초, 허정, 사원, 제갈량, 관우, 장비, 황충, 뇌공, 법정, 이엄 등 120인의 중신들이 연서하여 한의 헌제에게 상소하여 유비를 왕으로 추대하는 형식을 취한 것이다.

이 상서의 전문이 조조와 마찬가지로 『삼국지』에 기록되어 있다. 전설적인 성인 통치에서 시작하여 한 왕조가 나쁜 무리들 때문에 몇 번이나 위험해 지고, 지금도 조조가 황제의 권위를 제멋대로 행사하여 천하를 괴롭히고 있어 이것을 타도하고자 유비를 한중왕으로 추대한 것을 과장된 표현으로 상세히 서술하고 있다. 결국은 자신의 정통성을 강조한 정치적 독립 선언인 것이다.

단을 설치하고 군사를 정렬시켜 군신이 이를 소리 내어 읽고 유비에게 왕관을 씌운다.

다음으로 유비 자신이 헌제에 대해 한중왕으로서 취임의 경위, 이후의 결의를 장황하게 열거한 상서문을 보낸다.

이로써 일체의 의식이 완료된 셈이다.

한중국은 한중, 파, 촉, 건위의 5군으로 성립되고 도읍을 성도에 두는데, 물론 유비는 그 뿐만 아니라 종래와 같이 익주 전체를 지배한다. 왕의 밑에서는 부하들의 종래의 역할도 달라지고 있다. 예를 들면 법정이 재상 격의 「상서령」으로서 막중한 역할을 담당하게 된다는 것이다.

그러나 이 때 유비에 있어 최초의 근거지인 형주에서는 장차 파국으로 몰고 갈 무엇인가가 싹트고 있었다.

번성의 전투 ── 관우의 패배와 죽음

유비가 촉을 세운 후 관우는 사령관으로서 형주에 남아, 위와 오의 어려운 접점을 지키고 있었다. 유비의 한중 작전과 호응하여 위나라의 장수가 버티고 있는 번성을 공격했으나 오군에게 배후를 찔려 전사하고 만다. 호웅 무쌍이라고 일컬어지는 관우는 어찌하여 쉽사리 패전할 수 있었는가?

62. 『삼국지』의 호걸 관우의 허와 실

관우가 『삼국지』의 영웅 중 제일의 호걸이었음은 틀림없다. 『삼국지』의 표현에는 지나치게 부풀려 표현한 부분도 많으나 사실 그 영웅다운 행적도 기록으로도 남아있고 당시 적장들을 통해 그 명성은 날리어 있었다.

그는 어떤 전투에서 날아온 화살에 왼쪽 팔꿈치를 맞은 일이 있었다. 상처가 아문 후에도 비가 오거나 구름 낀 날이면 통증은 더 심하였다. 의사가 말하기를 "아마도 화살촉에 독이 묻어 그 독이 뼛속으로 스며들은 것 같습니다. 그러니 팔꿈치 뼈를 깎아 내야 할 것 같습니다." 그러자 관우는 대뜸 "그럼 깎아 내야지"하며 팔꿈치를 내밀었다.

그리고 관우는 술을 한 잔 마시고는 바둑을 두면서 팔을 내밀었다. 팔꿈치를 절개하니 그 피가 근 접시에 하나 가득 되었으나 관우는 아랑곳하지 않고 태연하게 마주한 이와 술을 들기도, 바둑을 들기로 하면서 수술을 마쳤다는 이야기이다. 이것은 야담이 아니고 『삼국지』 관우전에 분명히 기록되어 있다.

전장에서의 활약상은 알려진 바와 같이 눈부시나, 반면 유달리 지나친 승부욕과 자부심은 때로 그에게는 강한 단점이었다.

관우가 최후를 맞았던 맥성의 유적 (호북성 당양현) 현재는 재방이 있고 땅콩재배를 하고 있다.

유비가 익주 목이 되어 관우를 형주의 총괄 대장군으로 임명했을 때의 일이었다. 당시 마초가 유비에게 투항해 왔다. 형주에 있던 관우는 일부러 성도의 공명에게 편지를 띄워 마초가 누구와 필적할 수 있는가를 물어왔다. 공명은 관우의 성격을 알고 있었던 터라, "마초는 문무의 재능이 뛰어나고, 특히 무공은 누구 못지 않으나 역시 수염 긴 어른에 미치지 못한다"라고 답했다. 「수염 긴 어른」이란 바로 멋진 턱수염을 가진 관우를 가리킨 것으로 관우는 대단히 만족스러워했다 한다.

유비는 한중왕 취임에 즈음하여 모든 장수들에게 각각 거기에 해당하는 포상을 하였는데, 관우는 전군의 사령관인 「전장군(前將軍)」에 임명되고, 노장인 황충은 후군의 사령관이 되어 봉록은 같은 이천 석이었다. 관우는 이 때에도 형주에 남아 있었기 때문에 중신인 비시(사람 이름)가 사자로서 전달하러 갔다. 관우는 이 인사에 불만을 터트려 "내가 저런 늙은이와 동격으로 취급받다니 웬말인가"하고 성을 내었다.

황충은 비록 늙었지만 젊은이 못지 않은 영웅으로 원래 유표의 부하였으나, 적벽대전에서 유비의 진영에 가담하여 한중전에서는 위의 하후연을 쳐서 혁혁한 전공을 세운 이였으나, 관우에 비하면 신참이기도 하다.

비시는 어려운 사자의 역할인 만큼 이렇게 타일렀다. "무릇 왕이란 천하를 취함에 있어 여러 인재를 등용합니다. 왕께서 황충 어른을 등용했다고 해서 장군을 경시하신 것은 아니올시다. 그런 것에 구애받을 필요가 없습니다." 관우도 이 말을 듣고 깨달은 바가 있어 승지를 받았던 것이다.

관우의 전투장면(상상도)

63. 관우의 위세가 중원을 위협하다

유비의 한중 공략에 호응하여 형주에서는 관우가 북벌에 뛰어들었다.

당시 형주에 있어서의 유비의 세력 범위는 손권과의 협정에 의해 남도, 무릉, 영릉의 삼군과 장사군의 서부였고 관우는 장강 북쪽 해안의 강릉에 주둔하여 이를 총괄하고 있었다.

북부의 남양군은 조조의 지배하에 있고, 조조는 그 중심에 해당하는 한수의 북안, 번성(호북성 양번시)을 조인에게 지키게 하였다. 조인은 조조의 종형제로 경험이 많은 용장이었다.

그리고 형주의 동부는 오의 세력 범위에 있었다.

관우는 오의 "겸하의 계책"에 속아서 오는 적대하지 않는다고 오인하고 북의 번성으로 향하였다.

관우의 군세는 이렇다 할 저항도 받지 않고 번성을 포위했다. 번성의 바로 남쪽에는 한수를 건너서 양양이었고 11년 전 조조가 형주에 침입하여 유비 일행이 남으로 도망한 잊을 수 없는 회한이 묻어 있는 곳이었다. 그 후 적벽대전의 승리로 형세는 역전하기는 했으나 그 굴욕은 관우로서는 도저히 씻을 수 없는 치욕이었다. 그 곳을 지금 포위하고 있는 것이었다.

현재, 번성과 양양은 한수의 철교로 연결된 하나의 양번시로 되어 있으나 그 철교에 서서 그 때를 회상하면 관우의 득의에 찬 모습이 눈에 보이는 듯하다.

조조는 그때 한중으로 철수 중이었으나 조인이 고전한다는 소식을 듣고 이 또한 경험이 많은 용장인 우금과 한중에서 밑에 두고 있던 용덕을 구원하게 파견하였다. 양 장수는 번성 북쪽에 진을 치고 번성을 포위한 관우를 저지하였다.

그러나 때마침 장마철이라 한수가 넘쳐 대홍수가 나자 우금도 용덕도 움직일 수가 없었다. 배를 준비해 두었던 관우는 이 기회를 틈타 용덕을 베고 우금을 사로잡았다. 번성은 대부분 물에 잠기고 성벽도 허물어져 군졸들은 떠 있는 나무 조각에 몸을 의지할 뿐이었다. 그러나 조인은 물이 빠질 것을 믿고 필사적으로 버티었다. 하지만 몰락은 시간 문제이었다.

조조는 한중에서 낙양으로 귀환했으나 허도의 남쪽에서는 관우 측의 유격 부대가 움직이고, 조조에 반기를 드는 지방도 생겨났다. 관우의 위세는 곧바로 중원을 뒤 흔들은 것이다.

그 대단한 조조도 동요하고, 수도 즉 헌제의 소재지를 번성에 가까운 허도(직선 거리로써 250킬로 정도)로부터 먼 업으로 옮기려 하였다. 그런데 이번에는 사마 중달이 반대하고 나섰다. "우금 등은 홍수 때문에 패한 것이고 크게 생각하면 그리 놀랄 일은 아닙니다. 지금 손권은 표면으로는 유비와 우호적이나 그의 본심은 관우의 승리를 기분 좋게 여기지는 않을 것입니다. 이 즈음에 특사를 보내어 관우의 뒤를 치는 것이 상책일 것입니다."

조조는 이 계책을 받아들였다. 실은 이미 손권으로부터도 관우를 치기 위한 비밀 계획이 착착 진행중이었고 승기의 절정에 있는 관우로서는 어떠한 움직임도 알지 못했을 것이다.

방덕과 우금을 제압한 관우.
관우옆에 주창과 관평이 기립해있다. (관제묘)

64. 관우가 속은 "겸하의 계책"이란 무엇인가

손권은 형주의 안전보장체제의 일환으로서 관우에게 인연을 맺도록 요청한 적이 있었다. 관우의 딸을 자신의 아들과 혼인을 맺자는 것이었다.

그러나 관우는 이를 허락하지 않았을 뿐 아니라 사자를 크게 나무라서 쫓아 버렸다. 『삼국지연의』에 따르면 관우는 사자인 제갈근으로부터의 요청을 듣자마자 "범의 새끼를 개의 새끼에게 줄 수 있는가"고 꾸짖었다 한다.

이것만의 이유는 아니겠으나 손권은 중대한 전략 전환을 행했다. 종래의 우호 관계를 파기하고 관우를 쓰러뜨리고 형주 전역을 오의 것으로 하고자 했을 것이다.

건안 22년(217) 오에서는 유비와의 우호 관계를 추진해 오던 노숙이 병사하였다. 그는 태수로서 동부 형주의 전선이었던 육구(호북성 가어현)에 주둔해 있었으나 그의 후임에 여몽이 부임하고 이 전략 전환의 정황을 상세히 아뢰었던 것이다.

그러나 여몽은 관우에 대한 그러한 적의는 전혀 보이지 않고 오히려 「두텁게 관우와 우의를 맺는다」(『삼국지』여몽전)는 것이었다.

머지 않아 관우가 북벌을 개시하는 것과 전후하여 여몽은 병 치료를 이유로 육구를 떠나고, 건업(남경시)으로 돌아가기에 이른다. 더구나 이 행동을 관우에게 전해지도록 꾀했다. 관우는 출병에 즈음하여 여몽의 부재를 틈타 강릉에 쳐들어 올 것이 두려워, 많은 병력을 주둔시킬 정도였으니 여몽의 움직임은 크게 관우를 안심시켰다.

건업에 돌아온 여몽은 후임에 육손을 추천했다. 육손은 강동의 명가의 출신으로 손권의 형 손책의 사위인데다 당시는 전혀 알려지지 않은 무명의 인물이었다. 이러한 임명도 관우를 안심시키려 한 하나의 계책이었다.

육구에 도착한 육손은 재빨리 관우에게 편지를 띄웠다. "저는 아직 어린 미천한 장수로 아무것도 모르고 과분한 대임을 맡게 되었습니다. 장군의 임지에 인접하게 되어 높으신 위덕에 접하게 됨을 크게 기쁘게 생각합니다. 미흡한 점도 있습니다만 아무쪼록 잘 부탁드리겠습니다." 이것을 읽어 본 관우는 「육손의 서신에 겸하자탁(겸손하여 상대에게 복종함)의 뜻이 있는 것으로 알고 매우 안심하여 가상히 여겼다」(『삼국지』 육손전) 즉, 안심이 되므로 별다른 감정은 없다는 것이기에 육손을 만만히 여겼다는 것이 된다.

이른바, 자신을 낮추면 상대를 안심시킨다는 것이 "겸하의 계책"이다. 이것은 그 시대의 육손 만의 계책이 아닌 현대에도 처세나 승부 세계에까지 두루 잘 쓰이는 술수이다.

관우는 안심하였다. 조조가 손권에게 밀사를 보내며 「손권의 군이 관우의 뒤를 친다」라는 협정을 맺었다는 것을 꿈에도 생각하지 않았다.

관우의 군이 번성을 포위하고 있을 무렵, 상선을 가장한 손권의 군대는 장강을 거슬러 올라가고 있었다.

협서성 면현의 한수. 삼국지의 대드라마가 격렬히 일어났던 곳이다. 주변에는 삼국시대의 무장들의 묘가 곳곳에 널려있다.

65. 관우의 자만심을 이용한 손권의 전술

여몽이 지휘한 오군은 관우가 한 눈을 팔고 있는 사이, 장강 북쪽 해안의 강릉, 남쪽 해안의 공안을 쉽사리 점령하였다. 관우가 출병 한 후, 강릉에는 남군 태수인 미방이, 공안에는 장군 부사인이 지키고 있었으나 아무런 저항없이 항복하였다. 그들은 진작부터 관우에게 가볍게 보인데다, 후방으로서의 지원에 불성실했기 때문에 관우로부터 「귀환하면 가만두지 않겠다」라는 말을 듣고 두려웠기 때문에 마침 잘되었다 싶어 항복한 것이었다.

여몽은 강릉과 공안을 점령하고는 빈 집을 지키던 관우군의 남은 가족들을 돌보아 주고 병사들의 거리 약탈을 엄금하였다. 또한 노인과 아녀자들을 돌보고 병이 든 자에게는 약을 주고, 굶주린 자에게는 식량을, 추위에 떠는 자에게는 옷가지와 이불을 지급하였다.

한편 관우는 오군이 내습하였다는 보고를 받고 즉시 공격을 중지하고 양양으로부터 강릉을 향해 귀환의 길에 올랐다. 그는 몇 번이나 강릉을 점령하고 있는 여몽이 있는 곳에 사자를 보내어 사태의 설명을 요구하였다. 여몽은 관우가 보낸 사자가 올 때마다 후히 대접하고 잔류하고 있는 가족들의 집을 방문하는 것도 허락하였다. 거기에는 전쟁터에 나간 남편과 아비에게 잘 있으니 안심하라는 편지를 맡기는 사람도 있었다.

사자가 돌아오자 병사들은 서로 자신의 가족들의 안부를 묻고 사자로부터 가족들이 무사할 뿐 아니라 편안한 생활을 하고 있다는 이야기를 전해 듣고는 전의를 상실해 버렸다. 급기야는 부대에서 몰래 도망해 탈출하는 자들이 하나 둘씩 늘어만 갔다.

관우는 맥성(호북성 당양현의 동남)에서 오군에게 포위되었다.

손권은 관우에게 항복을 권유했으나 관우는 듣지 않았다. 관우는 남은 병사들을 이끌고 촉을 향해 도망갔으나 맥성의 서쪽에 있는 장향이라는 곳에서 체포되어 아들인 관평과 더불어 참수를 당하였다.

건안 24년(219)12월의 일이었다. 그의 언제 태어났는지는 알 수 없으나 이때가 50의 중반이었다고 추정될 뿐이다. 관평은 관우의 양자로 관우를 따라 많은 싸움을 한 그의 오른팔과 같은 존재였다. 그의 연령도 불분명하나 용맹스러운 인물임에는 틀림없다.

조조 쪽에서 보면 손권에게 관우의 근거지인 강릉을 치도록하여 성공한 이 전술은 옛날 중국의 병법에서 말하는 「위를 둘러싸고 조를 구한다」는 작전의 전형적인 예의 한 가지이다. 이 작전은 다음 고사에서 기인한다.

전국 시대의 일이다. 위(전국 시대의 趙나라로 조조의 위와는 별개임)가 조나라의 수도를 공격하였으므로 조는 우호를 맺고 있던 제나라에게 구원을 요청하였다. 제나라는 이에 장군인 전기에게 대군을 주어 조나라의 수도로 직접 쳐들어가려고 하자 군사인 손빈(孫濱)이 반대했다.

"싸움의 중재는 서로 치고 때리는데 가담하는 것이 아닙니다. 실의 엉킴을 푸는데는 그저 잡아당기기만 해서는 안 되는 것입니다. 조나라의 도읍지는 버려 두고 위나라의 도읍지를 공격하면 위군은 당황하여 제나라로 돌아갈 것이고 따라서 조는 살아남을 것입니다."

그대로 한 즉, 과연 위군은 철수하고 매복하고 있던 제나라에게 패했다.

조조는 번성에서는 패하였지만 오군에게 관우의 진채를 공격하게 함으로써 철퇴시켰던 것이다.

서안의 장안성의 주요한 궁전 잔해.
광대하고 장대했던 궁전은 행정의 중추였다.

66. 관우의 「동총(胴胴)」과 「수총(首塚)」은 왜 따로인가

하남성 낙양시는 중국 유수의 옛 도시로 남교의 오래된 석굴군도 유명하다. 시내에서 그 석굴군으로 가는 도중에 「관림(關林)」이라 불리는 고적이 있다. 앞에 사당이 세워져 있고 그 뒤에 높이 5, 6미터 정도의 무덤이 있다. 이것이 관우의 「머리를 매장한 묘」라고 전해진다. 공자의 묘를 공림(孔林)이라고 하듯이 성인의 묘를 林이라고 부르는가 보다. 묘 주위에는 노송이 넓게 자리하고 있었다.

또한 이 낙양에서 남쪽으로 열차로 550킬로를 타고 가노라면 당양시(하북성) 교외에 「關陵」이라 불리는 묘가 또 있다. 이 곳은 관우의 동체만이 매장되어 있다. 높이 3미터 정도의 무덤으로 그 앞에는 역시 훌륭한 사당이 세워져 있다.

관우는 앞에서 서술한 바와 같이 손권의 항복 권유를 거부하고 당양시 가까운 곳에서 참수당하였다.

손권은 그 동체를 후히 장사지내어 주고 머리는 소금에 절여 낙양에 있는 조조에게 보내었다. 손권이 동체를 극진히 장사를 치러 준 것은 당연하다 하겠다. 손권의 입장에서 보면 분명 관우는 무례한 상대였겠지만 적어도 천하에 이름을 떨친 명장이며, 지금까지는 동맹군이었던 것이다. 소홀히 취급했다가는 뒷맛이 개운치 않았을 것이다.

그럼 일부러 관우의 머리를 조조에게 보낸 속셈은 무엇이었을까.

하나는 그가 관우가 없는 사이 진채를 점령한 것은 조조와의 밀약이 기인한 것으로 손권은 조조에게 「신하로서 따른다」까지 말하고 있다. 머리는 약속을 정확히 지켰다는 보고가 된다.

그러나 그것만은 아니었다. 손권에게는 커다란 꿍꿍이가 있었다.

관우를 쓰러뜨린 것을 유비가 안다면 크게 격분할 것은 자명한 일이다. 그 노여움을 전부 자신이 감당하기에는 너무 억울한 일이기에 그래서 관우의 머리를 조조에게 보내어 유비의 노여움을 조조에게 향하게 하려고 했던 것이다. 조조가 관우의 머리를 함부로 취급해 욕을 사서, 그것이 유비의 귀에 들어가기만 한다면 손권 자신에게는 득이 된다고 생각했음에 틀림없다. 그러나 조조도 만만한 상대는 아니었다. 그는 관우의 머리를 정중히 다루었을 뿐 아니라 그의 명성

관우의 몸무덤. (호북성 당양현 관제묘에 있다.)

에 걸맞는 엄숙한 장례를 치러 주고 묘를 만들어 사당을 세워 주었다. 유비의 노여움을 딴 곳으로 돌리기 위한 것이었다.

본디 조조는 개인적으로는 관우에게 호감을 가지고 있었다. 그것은 조조가 한 가지

재주에 뛰어난 인재를 중히 여겼다는 것 이외에 관우의 꾸밈없는 충직한 성품이 그의 마음을 사로잡았다고 여겨진다. 일찍이 관도의 싸움에 앞서 조조는 유비를 쳐 굴복시키고 관우를 포로로 잡았을 당시, 관우를 극진히 예우하였고 그가 자신의 곁을 떠나 유비에게로 향하였을 때도 묵인해 준 바 있다. 관우 또한 조조의 우대에 보답하기 위해 원소 군과 싸워 전과를 올리고 조조의 곁을 무단으로 떠날 때는 조조에게서 받은 모든 것들을 손도 대지 않고 봉인을 하여 돌려 보내었다.

조조와 관우의 사이에는 묘할 만큼 서로 끌리는 그 무엇인가가 존재했을 지 모른다.

관우의 머리를 매장한 지 얼마 되지 않아 조조도 숨을 거두었다.

관우의 머리무덤앞에 배전.
(하남성 낙양시 관림)

67. 떠도는 관우의 혼령

관우라는 영웅호걸이 허무하게 죽어 버리면 재미가 없다……라는 말을 증명이라도 하듯이 관우의 사후에는 여러 가지 전설과 이야기가 난무한다.

『삼국지연의』는 이것들을 토대로 하여 관우의 사후에 일어난 불가사의한 이야기들을 지어내고 있다.

이 책에도 자주 나오는 오랜 전쟁터인 당양시(호북성)교외에 옥천산이라는 작은 야산이 있다. 이 야산에 보정이라는 노승이 암자를 짓고 살고 있었는데 어느 날 밤, 하늘에서 "내 목을 돌려다오"라는 소리가 들리면서 보정 화상의 앞에 관우의 혼령이 나타나 "전세에 화를 입어 세상을 떠났으나 스님의 공력을 빌어 어떻게든 헤매임을 멈추고 싶소이다"라고 말을 했다 한다. 이에 보정 화상이 대답하기를 "전세의 옳고 그름은 탓하지 마시오. 장군은 지금 자신의 머리를 돌려달라고 하나 그렇다면 장군에게 목이 달아났던 모든 장수들은 누구에게 목을 돌려달라고 하겠소이까?" 이 말을 듣고 관우는 크게 깨달음이 있어 성불하여 관우의 혼령은 사라졌다고 한다.

그 후 관우의 혼령은 종종 영험을 나타내 사람들의 고난을 구제

했으므로 사람들은 사당을 세우고 제사 지내기를 끊이질 않았다고
한다.

지금도, 이 곳에는 수나라 시대에 창건된 옥천사라는 사원이 있고
그 뒷산에 「관운장현성처(관우가 영험을 나타낸 장소)」라는 비석
이 우뚝 서 있다. 전설과 사실이 혼연해 존재하고 있는 것이다. 게
다가 『삼국지연의』에 따르면 조조가 관우의 장례를 치르고 난 후에
는 밤마다 관우의 혼령이 나타나 그로 인해 조조는 불면증에 시달렸
다. 새로운 궁을 지으면 좋다는 말을 들어 오래된 고목을 베려 하였
으나 어찌된 영문인지 그 고목은 도저히 잘리지를 않았다.

관우의 영이 출현했다 해서
세워진 옥천사 경내.

예전에 관우의 팔을 수술했던 명의
화타가 조조를 진단하더니 "머리를 수
술하지 않으면 안 된다"라고 하자 조
조는 자신을 죽이려고 한다며 화타를
살해하였다.

그런데다 자신이 예전에 죽였던 복
황후와 그 아들 등이 밤마다 피투성이
가 되어 나타나는 환영에 시달려 숨이
막히고 눈이 보이지 않는 중병에 걸려

서는 끝내 발을 헛디뎌 그만 목숨을 잃고 만다. 이 이야기는 원래
역사서에는 나와 있지 않다.

당양에서 강릉에 걸쳐 특히 강릉의 안팎에는 특히 관우와 관련된
전설이 많다. 관우가 자신이 사랑하는 말에게 물을 먹인 장소나 관
우가 병사들을 훈련시켰다는 장소도 있다.

현재 강릉시의 성벽에는 그 옛날 관우가 집무를 보던 관청이 명나라 시대에까지는 남아 있었으나 지금은 기념관만이 남아 관우의 흔적을 지키고 있다.

호북성 강릉시 관우 기념관에 있는
관우의 독서하는 모습의 벽화.

조조의 죽음 ── "치정의 능신 난세의 간웅"

관우가 죽은 직후 조조도 세상을 떠났다. 조조는 잔혹한 악당으로 되어 있으나
역사서인 「삼국지」에서 보듯이 지배자로서의 잔혹한 일면은 가지고 있으나 그
것은 유비와 마찬가지로 걸출한 정치가이기도 하기 때문이다.

68. 후세에 남기는 조조의 유언

건안 25년(220) 정월, 조조는 낙양(하남성)에서 병으로 죽었
다.

『삼국지연의』에서는 그가 관우의 목을 보려고 관우의 목이 담긴
상자를 열었을 때 관우의 입이 벌어지고 머리카락이 쭈뼛하게 곤두
서자 그것을 보고 기절하였으며, 더욱이 지금껏 죽였던 사람들의 망
령이 나타나 시달림 끝에 죽은 것으로 되어 있으나 이것은 조금 과
장된 표현일 것이다.

『삼국지』에는 「낙양에서 붕(崩 : 임금이 죽었을 때 쓰는 말)하
다. 그의 나이 66세였다」라는 기록만이 있을 뿐이다. 조조가 관우
가 죽은 지 얼마 안 되어 죽은 것은 우연이었을 것이다. 『삼국지』
에는 조조의 유언이 훌륭한 문장으로 기록되어 있다.

대강 적어 보면,

천하는 아직 안정되지 않았으니, 아직 옛것을 존중하지 못한다. 장례가 끝나면 모두 옷을 없애라. 진영에 주둔하는 장병은 모두 진영을 떠나지 아니한다. 군사를 비롯한 벼슬아치들은 모두 맡은 바 임무에 충실한다. 장의는 평시복으로 하며, 금은 보화로 장식하는 일은 없도록 하라(『삼국지』 무제기).

천하는 아직 불안정한 상태이다. 따라서 옛 관습에 따라 과장된 장례를 행할 필요는 없다. 또한 장례가 끝나면 누구도 상복을 입을 필요는 없다. 진영에 주둔하는 장병은 장례 때문에 부서를 이탈하는 일이 있어서는 안 된다. 모든 장교들은 제각기 자신의 직무에 책임을 다한다. 나의 시신은 특별한 장의가 아닌 평복을 입히면 된다. 또한 묘에는 금은 보화를 부장해서는 안 된다」

또한 그는 자신을 섬기던 여인들에게 명향을 나누어 주며 "내가 죽거든 그대들은 여공(女工)을 익히는 것이 좋겠다. 그래서 길쌈을 많이 해서 그 실로 신을 지어 내다 팔면 생계를 유지할 수는 있을 것이다."

『위서(魏書)』라는 당시의 기록에 의하면 그는 생전에도 죽을 때 입는 장의를 지어 놓았다고 하며 부장품도 네 개의 상자에 정해 두었다고 한다. 그것에 대해 『위서』는 "조조는 화려한 것을 좋아하지 않는 검소한 생활을 했으며 자신을 섬기던 후궁들에게도 비단이나 자수를 넣은 옷을 입지 않게 했다. 시종들에게도 색이 들어가지 않은 신을 신게 하였다. 발이나 병풍도 낡으면 수리해 사용하게 했으며 도포도 따뜻하면 그 뿐 여분의 장식은 달지 않도록 하였다. 적에게 강탈한 보물들은 모두 전과에 따라 골고루 나누어 주었다. 그러나 공적이 없는 자에게는 결코 상을 내리는 법이 없었다. 각 지역에서 헌납한 경우는 아낌없이 신하들과 나누어 가졌다. 장례의 관습이나 휘장의 수 등에 관해 번잡하고 쓸모없는 일이라고 늘 생각하고 있었던 것이다.

『삼국지연의』에 의하면 조조는 후세에 자신의 묘를 파헤칠 것을 염려하여 72개의 가짜 만들게 하였다고 했지만, 도굴이란 묘에 파묻은 부장품을 훔쳐가는 것이다. 그러나 그의 묘에는 훔쳐갈 만한 대단한 물건은 없었기에 도굴 당할 염려는 없었다는 것이다. 그를 묻은 고릉은 업성 유적(하북성 임장현) 부근에 있다.

생각해 보건대, 조조는 극히 현실주의자였던 것 같다. 아들이나 딸의 혼례에서도 형식에 치우치지 않고 아주 간소히 치렀으며, 의복도 무게가 나가는 것이 아닌 허리 둘레에 작은 가죽 주머니를 달아 손수건 등 신변 잡화를 넣어 두게 했다는 것이다.

69. 조조는 왜 「악인」취급을 받았는가

『삼국지』에서 보면 조조는 악인이고 잔학 무도한 인물이고, 유비는 선왕으로 인자하고 자애로운 인물로 그려져 있다.

그렇지만 역사서인 『삼국지』를 자세히 읽어 보면 그렇게 간단하게 결정할 수가 없다. 조조는 정치가로서 훌륭한 업적을 남기고 있으며, 역으로 유비가 조조를 배반하고 믿었던 상대를 속여서 영토를 빼앗았다고 한다. 어느 한쪽을 일방적으로 선하고 악하다고 결정하기에는 무리가 따르게 된다. 양자는 제각기 난세의 정치가로서 장점과 단점을 겸비하고 있는 것이다.

그렇다면 조조가 일방적으로 악인으로 단정지어진 것은 어떤 연유인가.

우선 역사 자료로서의 『삼국지』는 조조를 개국 시조로 하는 위를 정당한 왕조로 하기 위해서인지 역사적 사실에 대해서는 비교적 객관적으로 양자의 행적을 기록하고 있다. 그러나 후세 그 해석에 대해서는 당시 왕조에 유리하도록 해석되어지는 것이다. 예를 들면 서진 시대(265~317)는 위나라로부터 정권을 이양 받았기 때문에 위나라를 정통으로 하지 않으면 그 기반이 위태로울 것 같아 조조를 좋은 인물로 부각시킨 것이다. 그런데 다음 왕조인 동진 시대(317

~420)가 되면 빼앗긴 중원을 회복한다는 것이 촉 나라와 공통된 것으로 촉의 유비가 인정받게 된다…… 이렇게 선악이 교체되어 왔던 것이다.

한편 민간에서는 비원을 달성하지 못한 것이나 공명의 인기로 인해 촉에 향한 동정이 강해져 해석이나 경극 등에서 「조조 악인론」이 성해지게 되었다.

14세기에 이르러 이러한 민간의 구담이나 설화 등을 토대로 한 『삼국지연의』가 쓰여짐으로 해서 「조조 악인론」은 정착한 것이다.

본래 『삼국지』가 쓰여진 지 백년이 지나서 붙여진 주석으로는 당시 남아 있던 문헌이 140여 종류나 있었다. 그 중에서는 조조를 칭송한 『위서』도 있는가 하면 조조를 악인으로 몰아세운 『조만전(曹瞞傳)』도 있다. 저자의 입장에 따라 여러 가지 책들이 유포되고 있었나 보다.

『위서』에는 조조가 병법에 정통하여 인재를 잘 등용한 명군이며, 책을 한시도 손에서 떼지 않는 학자이고 시인이며 솜씨 있는 재능인이며 절약가인데다 공론을 배척하는 실천적 정치가였다고 칭찬을 아끼지 않고 이를 증명하는 사실들을 열거하고 있다.

반대로 『조만전』에는 조조가 경조부박(輕佻浮薄)하고 잔혹하기가 이를 데 없는 인물이라고 그 사실들을 열거하고 있다.

예를 들면 조조는 병사에게 식량을 지급할 때 작은 되를 써서 됫박을 속인 담당관을 처형했다. 법에 엄격한 인물이라고 해석할 수도 있겠으나 『조만전』에서는 조조가 이를 그에게 시킨 것이며 처형한 것은 단지 인기를 얻기 위한 하나의 수단이었다고 한다.

누구에게나 아니 개성이 강한 인간에게는 여러 가지 다양한 면모가 존재한다. 빛이 어느 각도로 비춰지느냐에 따라서 선으로 혹은 악으로 비춰지는 것이다.

조위 고성. 조조가 후한의 헌제를
극진히 모셔 맞이 했던 곳이다.

70. 조조가 내놓은 여러 가지 이색적인 포고령

조조는 스스로가 시를 짓는 문인이었던 만큼 생애를 통하여 많은 주옥같은 포고령을 지었으며 다행히도 『삼국지』의 본문이나 그 주석에 기록되어 있는 것이 적지 않다. 그 중에서 특이한 것을 몇 개 적어 본다.

※ 청소년 교육령(건안8년＝203)

황건적의 난과 동탁의 반란 이래의 황폐해 짐을 우려하여 후한의 재상으로서 공포한 것.

환란이 발발한 이래 십여 년 젊은이에게는 인의와 예절의 기풍을 찾아보기 힘들어졌다. 나는 그것이 심히 우려가 되도다. 각 군과 각 국에 공포하노니 젊은이들에게 학문을 갈고 닦게 하라. 5백 호 이상의 현에는 학무관을 두어 뛰어난 인재를 선발하도록 하며 학문을 가르쳐, 선조 이래로 물려받은 법도가 폐하지 않게 할 것이며 천하를 유익하게 할 것이다.

※ 실적 평가령(같은 해)

어떠한 공적이 있었다 해도 인격적으로 열등한 자는 승진시켜서는 안 된다고 주장하는 자가 있으나 그것은 잘못된 것이다. 무능한 자가 은혜를 앎과 나라가 잘되었다는 말은 들은 적이 없다. 태평한 시대에는 인격을 중시해도 좋으나 유사시에는 유능한 실적을 올린 사람만을 중시해야 한다.

※ 약자에 대한 중과세 방지령 (건안 9년 = 204)

원소를 파한 후 그의 세력 하에 있던 하북의 조세를 순화시킨 포고령.

가난보다도 불공평한 것이 더 두렵다고 한다. 원소의 정권 하에서는 힘있는 자가 횡포를 일삼고 힘없고 출세 못한 자에게 부당한 세금을 물게 하였다. 이 후 토지 세는 1묘에 4승, 호세는 견 두 필이나 면 두 필로 정하고 호족에게는 재산의 은닉을 불허하며 약자에게는 중과 세를 물리지 않는다.

※ 의견 투고를 장려하는 명령 (건안 10년 = 205)

정치에 있어서 경계하여야 할 것은 「아첨」이다. 나는 막중한 책임을 지고 투고하기를 바라고 있으나 최근에는 투고의 수가 매우 적다. 따라서 오늘 이후, 매월 중 하루를 투고의 날로 정하고자 한다. 모든 관리들은 반드시 정치의 결함을 투고하도록 하라.

※ 전사·전몰자 유족 구제령 (건안 14년 = 209)

적벽대전에서 패한 이듬해에 내린 포고

근년, 정벌이 계속되고 전염병의 유행함에 아직 귀환하지 못한 자의 가족은 곤궁에 처해있다. 각 현의 관청은 식량 지급을 서둘러 충분히 원조하도록 하라.

※ 인재 등용령

옛부터 지금까지 창업이나 중흥했던 군주는 모두 적극적으로 인재를 찾아 구하고, 함께 천하를 통치하여 비로소 성군이 되었다. 지금 천하는 불안정하여 현자를 구하는 것이 매우 시급한 바, 간통을 하였거나, 수뢰의 혐의가 있는 자라 할지라도 유능한 자라면 천거하라. 재능만이 천거의 기준이 되며, 나는 마땅히 그런 자를 기용할 것이다.

적벽. 그 유명한 적벽대전이 벌어졌던곳이다.
조조의 80만 대군이 여기서 전멸 했던 곳이다.

71. 조조가 황제의 지위에 오르지 않았던 이유

후한의 마지막 황제는 제 13대인 헌제이다. 그는 아홉 살에 즉위하였으나 동탁이 실권을 장악하고 헌제는 다만 동탁의 꼭두각시에 지나지 않았다. 그 후, 동탁이 암살 당하자, 혼란스러운 장안을 떠나 옛 도읍지인 낙양에 도착하여 조조에게 옹립된 것이 나이 열일곱 살 때였다.

그 후 허도로 천도하여 마흔 하나까지는 재위해 있었다.

그 동안 실권은 완전히 조조의 손에 있었다. 조조는 헌제를 옹립함으로써 천하에 호령할 수가 있었다.

그는 헌제를 폐위시키고 자신이 언제라도 황제의 자리를 차지할 수는 있었다. 그러나 그는 결국 죽을 때까지 헌제를 간판으로 내세울 뿐 자신은 제위에 오르지 않았다.

왜 그랬을까.

헌제에 남다른 충성심이 있었던 것은 아님에 틀림없다. 조조는 헌제가 친히 정치에 관여를 하는 것을 매우 못마땅하게 여겨 강압적으로 탄압하였다. 헌제가 동승과 그 무리들에게 몰래 혁대에 밀서를 적어 조조를 모살하려 한 일이 발각되자 동승의 삼족을 멸하고 그후 황제에게 보다 더 엄한 제약을 가하였다. 나중에는 황제의 아내인

복황후와 그가 낳은 황자들을 살해하고 자신의 딸을 황후로 들어앉힌다.

조조가 제위에 오르지 않은 것은 나름대로의 정치적인 속셈이 있어서였다.

그는 자신이 제위에 올랐을 경우의 반응을 꿰뚫고 있었다. 그것은 유비는 물론이고, 각 지에 퍼져있는 자신의 반대 세력에게 「타도 조조」의 구실을 만들어 주는 것은 뻔한 이치였기 때문이다.

헌제를 내세우고 있어도 인사 관계나 모든 정책의 실권은 자신이 마음대로 휘두르고 있기 때문에 굳이 제위에 올라 남의 빈축을 살 필요는 없었을 것이다.

그는 건안 24년(219) 형주를 위시하여 손권과 유비의 동맹이 붕괴되어, 손권이 관우에게 공격하기를 약속하고 또한 조조에 대해서 자기 자신을 가리켜 「신」이라 칭하고 즉위를 권하였을 때, 조조는 그 편지를 신하들에게 보이며

"철없는 놈, 나를 화로 위에 앉힐 작정인가?"하며 비웃었다고 한다. 이는 조조의 심경을 여실히 보여 주고 있는 것이다.

이보다 앞서 건안 17년(212), 조조의 작위를 권하여 국공으로 삼고자 하는 움직임이 일어났을 때, 이에 반대한 모사 순욱은 조조의 보이지 않는 핍박으로 자살을 강요당한다. 어디까지나 후한 왕조에의 충절을 신념으로 하던 순욱도 조조의 생각과는 거리가 멀었기 때문이다.

건안 21년(216) 조조는 위왕이 되어 천자의 수레와 의장을 써 천자와 동격이 되는 허락을 받아 낸다. 그러니 굳이 천자의 제위에

오를 필요는 없는 것이다.

그러나 아들의 경우는 다르다. 아들에게는 헌제를 적당히 다룰 수 있는 정도의 경험도 능력도 없었다. 그래서 그는 생전에 아들 조비에게 자신의 보위를 계승할 수 있도록 하는 준비를 진행시켰던 것이다.

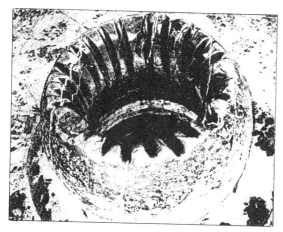

조조군이 물을 길어 마셨다는 우물

72. 문인 조조는 어떤 시를 지었는가

중국의 정치가 중에는 문인이나 학자가 많았으나 조조도 그 중 손꼽히는 시인 중 한 사람이라고 한다. 『삼국지연의』에도 조조가 감흥이 솟아나서 시를 음미하는 장면이 나온다.

그럼, 그는 어떠한 시를 지었는지 대표작의 일부를 들어 본다.

우선 「단가행」이란 제목의 시의 모두이다.

> 술에 대해 응당 노래할지어다
> 인생이 얼마더냐
> 비유컨대 아침 이슬과 같도다
> 지나간 날들은 괴로움만 많도다
> 정녕 한탄스럽기 그지없구나
> 이를 데가 없도다
> 무엇으로 근심을 풀 수 있겠는가
> 다만 두강이 있을 뿐
> 술을 마시면 노래를 부르지 않겠는가
> 인생의 길이가 얼마나 된단 말인가
> 마치 아침 이슬과 같구나

내일도 또 내일도 그렇게 지나가 버리는구나
한스러운 마음은 흥분되어
근심스런 생각은 꺼지지 않는구나
무엇인들 근심 걱정을 없앨 수 있겠는가
다만 술이 있을 뿐이니

　다음은 건안 11년 (206), 엄동설한에 원소의 군대를 치기 위해
태행산맥을 넘었을 때의 노래이다.

북쪽 태행산을 오르면
왜 이리 어려울까 저리도 당당한데
양의 내장같이 생긴 저 산 고개여
수레바퀴는 그래서 부서지고
수목은 왠지 소슬하구나
북풍의 바람소리는 슬프기 그지없도다
북쪽을 향한 태행산을 오르면
솟아 있는 저 산은 왜 그리 험준한가
양장판(산서성 장치현)은 구불구불하고
수레바퀴는 꺾여 부서지고
수목은 어쩐지 쓸쓸하고
북풍 소리는 슬프기 한량없다

또한 늙어서도 아직 웅지를 가지고 있는 시구도 있다.

늙어진 말 구유에 누워 있어도
입지는 천리에 있도다
열사의 말년
장부의 마음은 꺼지지 않도다
맹숙의 시기는
단지 하늘에 있지 않다
늙은 명마는 비록 마구간에 누워 있어도
뜻은 멀리 천리 길 산야를 뛰논다
열사는 만년을 맞이하고도
젊은 패기는 없어지지 않는다
목숨의 길고 짧음은
하늘이 정한 것은 아니니

73. 조조가 행한 「일가 몰살 사건」의 수수께끼

조조가 잔혹한 인간이라는 증거의 하나로 그가 청년기에 저지른 그와 친한 일가를 모두 살해한 사건이 있다.

젊은 시절 조조는 포악한 장군이었던 동탁의 암살에 실패하고 수도인 낙양을 도망친다. 동탁은 모든 제후국에 인상 착의를 그려 배포하고 현상금까지 내걸었다.

그는 고향을 향해 도망치던 중 어느 마을에서 부친의 의형제인 여백사의 집에 몸을 숨겼다. 여백사는 너무도 반가운데 마침 술이 떨어져 가까운 마을에 술을 사러 나간다. 조조는 안심하고 방에서 기다리고 있는데 바깥에서 칼을 가는 소리와 함께 "묶어서 죽이면 되는 거야."라는 말이 들리지 않겠는가. 신변에 위험을 느낀 조조는 자신을 죽이려는 줄 알고 검을 뽑아들고 뒤뜰로 달려나가 남녀 노소를 가리지 않고 닥치는 데로 여덟 명의 가솔들을 모두 죽였다.

그 직후 그는 돼지가 묶여져 있는 것을 발견하고는 그들이 자신을 위해 돼지를 잡으려고 한 것을 뒤늦게 깨닫는다. 자신을 잘못을 뉘우친 조조는 황급히 달아나다가 마침 길에서 술을 사 가지고 돌아오는 여백사와 마주친다. 조조는 여백사가 집으로 돌아가 자신이 저지른 일을 알게 되어 원한을 살까 두려워 반가운 얼굴을 하고 오는 여백사마저 죽인 것이다.

후에 그는 이렇게 변명한다.

"내가 타인을 배신할지언정 어찌 타인이 나를 배신하게 할 수 있겠는가"라고.

이 이야기는 사실인가, 허구인가. 역사서 『삼국지』의 본문에는 기록되어 있지 않지만 주석이 붙여진 당시 세 권의 책에는 이 사건이 기록되어 있다.

우선 ① 『위서』에는 이렇게 쓰여 있다. 「지인 여백사는 부재중이었으며 그의 아들과 가솔들이 조조를 협박하여 말과 가진 물건들을 빼앗으려 했기 때문에 조조는 하는 수 없이 검을 들어 몇 명을 살해하고 난을 피했다.」

다음 ② 『世語』에는 「여백사는 부재중이었고 다섯 명의 아들이 접대하려고 하였으나 조조는 그들의 진의를 의심하여 살해하고 도망쳤다」

그리고 ③ 『잡기』라는 책에는 「조조는 식기 소리를 듣고 자신을 자신을 죽일 준비를 하고 있다고 의심하여 밤에 그들을 죽이고 달아났다」

이 세 권의 책은 모두가 조조가 생존하고 있던 시기부터 백 수십 년 후에 존재하였던 책들이다. 당시 이미 여러 가지 견해가 잔존했음을 알 수 있다.

만약 ①이 맞다고 하면 조조의 행위는 정당한 것이고, ②③이 맞으면 조조는 과민한 노이로제로 인한 살인을 했다고 할 수 있다.

중국의 변화로 조조의 명예 회복이 진행됨에 따라 이 이야기를 보는 다른 시각도 생겨나 유명한 역사가인 곽말약은 전후의 관계로 미루어 ①이 비교적 믿을 만하다고 적고 있다.

그러나 악한론도 그리 간단하게 소멸될 것 같지는 않다. 진상은 암중에 있다.

면현, 양평관 유적. 조조가 장노의 한중을 확보하기 위해 전투를 벌였던 곳이다.

74. 조조의 승계를 둘러싼 골육 상쟁과 『칠보시』

건안 25년 (220) 정월, 조조가 죽고 십 개월 후 아들 조비가 후한의 헌제로부터 자발적으로 양위를 물려 받았다. 실제로는 보위를 박탈당한 것이나 다름없었지만 표면상으로는 어디까지나 양위였다. 그 모양새를 겉으로 꾸미기 위해 바보스러운 수속이 행해졌다. 중신들이 제각기 몇 사람의 이름을 빌어 조비에게 즉위하도록 상소하기를 13회, 헌제가 조비에 대해 자신과 교체해 줄 것을 적은 소를 내리기를 4회, 최대한의 미사여구를 아끼지 않고 사용한 장문이었다. 조비는 그때마다 지지 않고 갖은 미사여구로 자신에게는 그런 능력이 없다고 겸손한 사절을 되풀이하였다. 그러다가 나중에야 「그렇다면……」하는 식으로 선양(禪讓)의 예를 집행하고 이리하여 위의 문제가 탄생한 것이다.

이후 「선양」은 왕조 교체의 하나의 형식이 되었다.

조조의 사후 일년도 채 못되어 이 교체가 행해진 셈인데 이것은 조조가 생전에 만들어 놓은 시나리오에 불과한 것이다. 조조는 자신이 즉위하지 않는 것으로 사심이 없었다는 것을 나타내고 세대 교체를 새로운 체제 발족의 기회로 삼았던 것이다.

조비는 나름대로의 새로운 정책 실현에 노력하였으나 재위한 지

6년도 안되어 병사하고 만다. 조비는 아비인 조조와 같이 시를 좋아하였으나 그 아우인 조식도 아비 못지 않은 시인이었다.

조식은 재능이 뛰어나 조조가 특히 사랑하였다. 조조는 한 때 조식을 태자로 삼을까하고 마음먹었을 때도 있었으나 조식이 자신의 재능을 앞세워 교만한 행동을 했기 때문에 점차 미움을 사 지방의 호족으로 불우한 생애를 보내고 있었다.

5세기에 쓰여 진『세설신어』라는 책에는 그가 형인 조비(문제)로부터「일곱 걸음을 걸을 동안 시를 짓지 못하면 죽음을 면치 못하리라」라는 말을 듣고 다음과 같은 시를 지었다고 전하고 있다. 주어진 시제는「형제」.

콩깍지를 태워 콩을 볶는구나
솥 속의 콩은 울고 있네.
원래 한 뿌리에서 생겼거늘
어찌 저리도 급하게 볶아대는가.

조비는 이를 듣고 불쌍히 여겨 조식을 죽이기를 단념했다 한다. 사실인지 모르겠으나 이 고사와 시는『칠보시』라고 널리 알려져 있다.『삼국지연의』에서는 조식이 조비의 사자를 호되게 혼내 주었기 때문에 수도로 끌려와 난제로서 이 시를 짓게 하였다는 말이 있다.

이릉의 싸움 ── 유비의 죽음과 그 인물상

관우를 오의 손권에게 잃은 유비는 슬픔과 분노의 치를 떨었다. 더욱이 위의 조비가 제위에 올랐다는 소식을 접하고 자신도 제위에 오른다. 그리고 스스로 대군을 이끌고 저 멀리 오의 영토가 된 형주로 출병한다. 그 결과 이릉에서 대패한 유비는……

75. 삼협 백제성 이릉이란 어떤 곳인가

커다란 분지 형태의 사천 평야 남부를 가로지른 장강(양쯔강)은 사천성 동부에서 협곡으로 흐른다. 그 입구에 유비가 이릉의 싸움에서 패한 후 후퇴하다 병사한 백제성이 있다. 이곳에서부터 협곡이

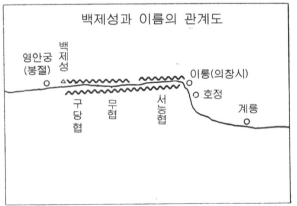

백제성과 이릉의 관계도

이어지길 170킬로, 서쪽에서 차례로 구당협, 무협, 서릉협으로 이어지는데 이를 통털어 「삼협(三峽)」이라고 한다.

양쪽은 깎아지

른 듯한 절벽으로 곳곳에 소용돌이가 있다. 유비와 공명이 왕래한 수로이고 촉은 이 요새에 진을 쳐 동쪽으로부터의 침입을 방어했던 것이다.

백제성은 지류가 장강으로 흘러드는 북쪽 해안에 있는 작은 산이다. 전략상의 요충이지만 유비의 최적지는 아니고 이곳에서 4,5킬로 떨어진 봉절현의 성 내에 있었던 영안궁이라는 설도 있어 확실하지는 않다.

현재. 이릉의 옛 전투장 부근은 장강을 막아서 댐을 공사하고 있다.

백제성은 멀리 한 시대의 사적이나 현재는 산 위에 유비, 공명, 관우, 장비를 모신 명량전과 공명을 모신 무후사, 공명이 별을 관측했다는 관성정 등이 세워져 있다.

백제성이라 하면 당대의 시인 이백의 다음 시를 떠올리지 않을 수 없다. 그는 정치적 사건에 연루되어 변방으로 유배당하는 도중 백제성에서 사면의 통지를 받고 하류의 강릉을 향해 내려가던 중이었다.

　　백제성 구름 낀 사이 아침에 죄를 면하여
　　천리길 강릉을 하루에 돌아가려 하니
　　양쪽 해안에 원성 소리 그치질 않네
　　쪽배 이미 만중산을 지나는구나

강릉은 삼국 시대에 관우가 수장으로 주둔하던 곳으로서 머나 먼

하류이고 아무리 급류라도 하루에 갈 수 없는 곳이지만 급한 마음을 급류에 빗대어 표현한 것 같다.

이 삼협을 빠져 나오면 하천 폭은 넓어져 장강은 호북 평원을 향해 흘러간다. 그 곳이 현재 호북성 의창시이며 호정의 오랜 전장터는 의창시 동남쪽에 있다.

여담이나 지금 의창시에는 장강의 물을 막아 70미터 높이의 갈주묘라는 다목적댐이 건설되어 있고 또한 상류에도 대규모의 삼협 댐도 현재 건설중에 있다. 삼국의 역사적 유적도 세월 따라 변모해 가는 것이다.

유비의 묘 혜릉.
성도의 무후사의 일각에
있다.

유비가 제갈량에게 후사를
부탁하고 63세를 일기로
생애를 마친 백제성.

76. 유비는 왜 吳를 향해 출전했는가

　조조의 뒤를 이어 조비가 위의 제위에 오른 다음해 221년에 유비도 성도에서 제위에 올랐다. 중신들의 제청에 의해서였다.

　연호를「장무」로 정하고 국호는 후한을 계승한다는 뜻에서「漢」이라 했으나 후한과는 구별하기 위해서 다른 이들은「蜀漢」이라 불렀다. 또한 위에서는「漢」은 자신들이 이양한 것이라 하여 그저 蜀이라 불렀다. 그래서 지금도 흔히 촉이라 부른다. 좁은 의미의 촉군의 촉은 아닌 것이다. 이와 같이「삼국지 이야기」는 대의 명분이 있는 고로 부르는 방법도 나름대로 까다롭다(본서에서는 이하 蜀이라 한다).

　유비는 제위에 오른 후 공명을 승상에, 허정을 사도에 임명하고 유선을 황태자로 세우는 등 체제를 정비하자마자 곧바로 오나라를 쳐들어갔다.

　여기에는 두 가지 까닭이 있다.

　하나는 관우의 죽음에 대한 복수이다. 관우는 안타깝게도 오에게 배후를 찔려 의외의 낭패를 맛보았다. 유비와 관우, 장비는 주종의 관계가 아닌 결의를 맹세한 동지이었고, 그들은 서로「태어날 때는 달랐지만 죽을 때는 한날, 한시에 죽자」고 맹세한 의형제이었던 고로 보통 사이가 아니었던 것이다. 유비는 오에 대한 증오심이 불타올라 오에의 침공에 반대하는 의견도 적지 않았으나 결코 들으려 하지 않았다.

그렇다고 해도 유비도 뛰어난 현실적 정치가였다. 단순히 복수의 의지만으로 출전한 것은 아니었다. 관우의 패배로 인해 오에 빼앗겼던 형주 탈환의 저의도 숨겨져 있었던 것이다.

오측도 처음에는 싸울 생각은 없었던 것 같다. 이미 형주는 손아귀에 들어와 목적은 달성된 것이고 될 수 있으면 이대로 있고 싶어 했을 것이다. 손권은 유비에게 서신을 보내어 화친을 청하였으나 격노한 유비는 허락하지 않았다.

출진에 앞서, 촉에서는 불행한 돌발 사태가 발생했다. 장비가 부하들에게 가혹하게 하자 견디다 못한 부하 몇몇이 장비가 술을 마시고 잠든 사이 목을 베어 그 목을 들고 그대로 손권에게 투항해 버린 것이었다.

유비는 슬픔과 분노가 한꺼번에 폭발하였을 것이다.

그래서 드디어 촉군은 장강을 따라 진격해 시귀(호북성 시귀현)에 이르러 군 회의를 한 결과 황권이 조언을 했다. 이때 공명은 성도에 남아 이 작전에는 참가하지 않았다.

"오군은 용맹합니다. 더욱이 우리 군은 사기가 저하되어 있습니다. 참으로 '나아가기는 쉬우나 물러서기는 어려운 형편'입니다. 제가 선봉에 설테니 폐하께서는 뒤를 따르소서."

그러나 유비는 이를 허락하지 않고 군을 세 개의 군단으로 나누어 자신은 그 하나를 통솔하여 남안의 험한 산들을 답파하고 호정에 진을 쳤다.

또한 장군 오반과 진식이 이끄는 수군은 장강의 하류를 따라 이릉에 도달하여 양안에 포진하였다. 그리고 장군 황권이 이끄는 군대는 장강 북안의 산길을 통하여 이릉에 이르러 진을 쳤다.

측의 대군을 격파하기 위해
전략을 짜고 있는 육손. (연환화)

77. "예기를 길러 지친 적을 맞다"로 유비군을 파한 육손

유비가 침공한다는 소식에 손권은 일찍이 관우 타도의 공적을 세운 육손을 총사령관으로 임명하고, 이릉의 전면에 방어 태세를 갖추었다.

촉군의 진격에 오군의 무장들은 곧바로 진격하려 들었다. 그러나 육손은 이를 말리며

「넓게 전략을 펴고 더 세밀히 주변을 관찰한다」라는 방침을 세웠다. 이쪽은 만전의 계책을 세워놓고도 적극적으로 밀고 나아가지 않고 상대의 출격 방향을 관찰한다라는 것이었다. 적이 세차게 공격해 올 때에는 섣불리 정면 공격은 피하고 적의 양상을 잘 살핀다는 것이다.

오군의 무장들은 대부분 손책 밑에서 싸웠던 역전의 맹장들로 새파란 육손의 말은 결코 귀담아 듣질 않았다. 그때마다 여지없이 패배하곤 하는 것이다.

육손은 검을 빼들고 외치기를

"나는 풋내기로 보일지라도 주군의 명령을 받들어 지휘하고 있는 것이다. 군령은 함부로 거역해서는 안 된다."

그러나 이것만으로는 풋내기인 자신이 고수들을 심복시킬 수는

없었다. 때마침 촉군의 한 부대가 보루에서 평야로 밀고 내려왔다. 모든 장수들은 이때가 공격의 호기라고 판단했으나 육손은 오히려 「계략일테니 양상을 살펴라」고 말했다. 과연 유비는 이것을 미끼로 하여 복병 8000명을 숨겨 놓고 있었다. 이를 계기로 장수들과 모든 군병들은 비로소 육손을 신뢰하게 되었다.

지구전은 어느덧 반년이 흘렀다.

촉군의 내부에서는 원정으로 인해 피로가 쌓인 것이 눈에 띄기 시작했다. 오군의 뒷 편에는 형주의 옥야이고 식량이나 병력 보급에도 부족함이 없으나 촉군은 모든 것을 삼협의 험준한 곳을 통하여 본국에서 보내 오지 않으면 안 되었다.

이것이 바로 "예기를 길러 지친 적을 맞다"라는 계략인 것이다. 저희 군은 편하게 두고 적의 피로를 기다린다는 육손의 전략이 맞아 떨어진 것이다.

때는 비가 오지 않는 건조기에 접어들었다. 육손은 각각의 병사에게 볏집 한 다발씩을 주어 적진에 화공을 걸도록 했다. 동시에 전군에 총공격의 명령을 내렸다.

촉군의 진채는 차례로 하나 둘씩 허물어져 갔다. 유비는 간신히 마안산으로 몸을 피한 다음 다시 남은 패잔병들을 모아 삼협으로 올라가 백제성에 들어가 겨우 숨을 돌렸다.

촉군은 뿔뿔이 흩어져 식량과 배와 병기를 거의 다 잃고 죽은 자만도 수만이나 되었다. 그 시체가 장강을 메울 정도였다고 한다.

백제성으로 도망 온 유비는 수치와 분노를 이기지 못하고 이렇게 한탄하였다.

"나와 같은 사람이 육손과 같은 새파란 어린아이에게 당했다는 것은 하늘이 정한 이치란 말인가."

손권의 모친 오부인을 제사하는
건업의 용화사.

78. 유비의 무모한 출전을 공명은 왜 반대하지 않았는가

「감정으로 싸움을 일으켜서는 안 된다」는 것이 병법의 원칙이다. 관우의 복수심에 눈이 멀어 출전한 유비는 명백히 이 원칙에 어긋난 행동을 한 것이다. 더욱이 후방으로부터의 보급로는 멀고 좁은 단 하나의 길밖에 없었다.

누가 보더라도 불리한 싸움을 유비는 감행하였고 그 결과 패배하였다.

그럼에도 왜 아무도 이 무모한 출병을 반대하지 않았을까. 공명은 성도를 지킨다는 명목으로 전투에는 참가하지 못했다는데 그렇다면 공명은 반대하였을까, 아니면 하지 않았을까. 수수께끼는 남는다.

역사서 『삼국지』의 기록에 따르면 이 출병에 정면으로 반대한 것은 조운 혼자뿐이다.

『삼국지』주석에 의하면 오가 관우를 죽이고 형주를 빼앗은 것에 분개한 유비가 오를 치려고 했을 때, 조운은 이렇게 조언하였다.

"나라를 좀먹는 자는 조조이지 손권이 아닙니다. 더욱이 위를 멸하고 나면 오는 스스로 항복할 것이 아니겠습니까? 조조는 죽었지만 아들인 조비가 뒤를 이어 즉위하였습니다. 이를 좋지 않게 생각하는 사람들을 헤아리시어 일각이라도 빨리 한중을 손에 넣고 황하와 위하의 상류를 거슬러 가 역적 조비를 토벌해야 합니다. 함곡관 이동의 정의의 병사들은 반드시 식량을 준비하고 말을 달려 폐하의 군대를 환영할 것이 분명합니다. 위를 이대로 두고 오를 쳐서는 안 됩니다. 한 번 싸움을 벌이면 정세는 돌이킬 수 없게 될 것입니다."

이것은 타당한 논리였다. 원래 강한 위에 비해 오는 제휴함으로써 존립하자는 것이다. 그것을 스스로 깨뜨리려고 하는 것은 당치 않은 것이다. 그런데도 원래 위측 동맹론자였던 공명은 침묵을 지키고 있었다. 유비가 이릉 싸움에서 패해 백제성으로 도망갔을 때 공명이 이렇게 탄식했다고 전해진다(『삼국지』 법정전).

"만약 법효직(법정을 말함)이 건재해 있었다면 주군을 잘 설득하여 원정을 가지 않고 끝냈을 것이며, 설령 원정을 갔다하더라도 이런 꼴을 당하지 않았으련만."

법정은 유비를 익주로 끌어낸 공로자로 유비의 신임도 두터웠으나 애석하게도 유비가 한중왕이 되었을 때 병을 앓아 죽었다 한다.

공명의 이 말 뜻으로 보아 당시 공명은 적어도 반대하고 있지는 않다. 그는 유비＝관우의 깊은 우애로 인해 참견할 수가 없었던 것일까. 유비가 공명을 영입했을 때 처음 트집을 잡은 관우는 유비에게 설득 당해 공명이 군사가 되는 것을 인정하였다. 공명의 입장에서 본다면 유비의 복수전을 따르지 않으면 안 된다고 각오한 것이 아니었을까.

질 것을 뻔히 알고도 무모한 싸움을 묵인한 공명의 심사는 따로 있었을 것이다.

79. 유비가 공명에게 위촉한 "백제성에 외로움을 부탁하다"

일반적으로 유비는 이릉의 싸움에서 패하고 백제성으로 귀환하여 바로 병사한 것처럼 되어 있지만 그것은 지레짐작이다. 유비가 백제성에 들어가서 병사하기까지 사이에는 거의 수 개월에서 일년 가까운 세월이 흐르고 있는 것이다.

그 사이, 유비는 백제성(영안궁)에 머물면서 더욱 더 형주에 힘을 기울이는 반면, 오와의 관계 수복도 고려하고 손권의 요청을 수락하여 외교 관계를 부활시키고 있는 것이다. 이것은 위가 오의 손권에게 아들을 인질로 빼놓을 것을 요구하고 손권이 이 요구에 응하지 않았기 때문에 위가 오를 친 것과도 관련이 있다. 즉, 오=위 관계의 악화가 오=촉 관계의 부활을 가져온 것으로 이런 곳에서도 「삼국지」의 묘미가 있다.

또 유비는 성도의 공명에게 명하여 천지를 모시는 제단의 만들도록 하였다. 그러나 그 해 겨울 유비는 영안궁에서 병이 났다. 그후 촉의 무장 3년(223) 2월 성도에서 공명이 도착했다.

중태에 빠진 유비는 공명에게 후사를 부탁하고 이렇게 말했다.

"그대의 재능은 위의 조비의 열 배에 해당하오. 반드시 나라를 편안케 하고 천하 통일의 대업을 성취시킬 수 있을 것이오. 만약 내

뒤를 이을 후계자가 보좌함에 족한 인물이면 보좌해 주길 바라겠소. 그러나 그만한 재능이 없으면 그대가 대신 맡아주길 바라오."

이 말로 미루어 보아 유비의 인물됨을 알 수 있는지 혹은 공명에 대한 일말의 불안감이 있었기 때문에 이런 말을 했다고 받아들여야 할지 여러 가지 해석이 나오고 있다. 그것은 나중의 일이다. 지금 공명은 눈물을 흘리면서 맹세를 한다.

"신은 성심껏 주군의 수족이 되어 전력을 다하고 죽음에 이르기까지 충성을 다할 것입니다."

이것이 후세에서 말하는 "백제성에서 외로움을 부탁하다"의 고사이다. 이때 후계자인 유선은 성도에 머물고 있었으나 유비는 그에 대한 유언을 썼다. 그것은 「처음에는 가벼운 설사라고 여겼으나 지병이 도져 더는 살 수 없을 것 같다」로 시작해 구구절절이 아들을 생각하는 아비의 심정이 애절하기 그지없다.

"50이 넘으면 요절이라고 할 수 없다. 나는 이미 육십을 넘었으니 하늘을 원망하거나 슬퍼하지도 않으나 다만 너희 형제의 일이 마음에 걸리는구나."

"승상(공명)은 너희들의 능력을 좋게 평가하고 있는데 사실이 그러하다면 걱정이 없구나. 노력하고 또 노력하거라. 조금이라도 악행을 저질러서는 안되느니. 작은 일이나마 선행을 베풀도록 하라. 사람을 움직이는 것은 현명함과 인격 두 가지임을 명심하도록 하라."

그리고 유비는 공명과 같이 온 유선의 동생 유영을 불러 "내가 죽은 뒤 너희들은 승상을 아비로 생각하고 대신들이 승상을 돕도록 전력을 다하라."고 말한 것이다.

80. 유비는 어째서 인망이 두터웠을까

유비는 공명의 그늘에 가려 빛을 발하지 못했다.

촉의 수도이었던 사천성의 성도에 「무후사」라는 명소가 있다. 무후란 공명의 별칭으로 공명을 모시는 사당이나 이 내부에는 유비를 모시는 유비전을 위시하여 유비와 황후의 묘도 있다. 그런데도 사람들은 이것을 통털어 「무후사」라도 불러왔다.

이와 같이 공명의 인기가 높은 나머지 「유비는 무능하다」라는 설까지 있는 것이다. 그것은 공명을 초인적인 지혜가 있는 인물로 지나치게 묘사한 『삼국지연의』의 영향인 것이다. 과연 사실은 어떠했는가.

실은 공명과 같은 「知」의 인물이나 관우, 장비와 같은 「勇」의 인물을 다같이 심복시켜 흔들림이 없는 전투 집단을 만들어 냈다는 단지 한 가지 사실로 미루어 보아 유비는 예사 인물이 아니었다는 것을 알 수 있다. 범상한 인물이 그와 같은 인물들을 포섭할 수 있었을까.

『삼국지』의 저자 진수는 유비에 대해 이렇게 말한다.

「넓은 도량과 사람을 알아 보고 인재를 쓸 줄 안다. 걸출한 고조의 기풍과 영웅의 풍모가 서려 있다」 다시 말하자면 그 인물됨이 크고, 인재를 알아 보고 잘 기용하며 한 왕조의 창시자인 유방의 풍모가 있으며 영웅의 기품이라는 것이다.

그는 인격자도 아니고 조조와 같이 뛰어난 지략가도 아니다. 오히려, 꽤나 제멋대로인 인간으로 종종 배반같은 행동이나 납치질까지 하고 있다. 신뢰해 준 조조를 배반하고 조조를 타도하는 일당에 가담한 일이 있다. 또, 적벽대전은 거의 오의 힘에 의해 승리한 것인데도, 싸움에서 이긴 후, 유비는 오에서 빌려 받은 형주를 반환하지 않고 눌러 앉아 버렸다. 또한 자신을 신뢰하여 익주로 불러준 유장을 배반하고 익주를 빼앗아 버렸다.

이런 일을 했는데도 불구하고 이상스럽게도 과히 사람들의 미움을 사지 않는 것이다.

그에게는 무언지 사람을 끌어들이는 힘이 있었다. 조조가 형주를 침공해 마침내 유비가 남으로 도망칠 때 수만의 백성들은 그의 뒤를 쫓아 함께 탈출하려고 했다. 유비는 그들을 버리려고 하지 않았다. 그는 인정이 있는 사람이었던 것이다. 관우의 복수를 할 생각으로 가득 차 무모하게도 출전한 것도, 그 때문이다. 지략가 공명은, 자신에게 없는 점을 그에게서 발견하고, 그것에 매료되었던 것이 아닐까.

게다가, 그는 너글너글하고 겸허했다. 그는 신분이 낮은 자와도 태연하게 동석하며 식사했다. 이것은 유비에게 반대하는 입장에서 씌어진 『위서(魏書)』에도 나타나 있는 것으로 보아 당시 상당히 알려진 평판인 것 같다.

대범하면서도 빈틈이 많은 인간, 유비는 자신의 흠까지도, 거리낌 없이 보이고 있다. 모든 의미에서 면도칼과도 같은 조조와는 정반대였던 것에 사람들은 매료되었던 것이다.

제 4 장

삼국 시대의 종말

공명의 북벌 —— 공명과 중달, 숙명의 대결

유비의 사후 5년 째, 공명은 한중을 기지로 하여 천하 통일의 제일보인 관중 공략에 나서는 이른바 북벌을 감행한다. 그 길은 험난하고 멀어 제 1차, 2차, 그리고 3차, 4차로 되풀이된다. 그리고 제5차에 이르러 드디어 그는 오장원에서 쓰러지고 만다.

81. 난관·진령 산맥을 넘는 북벌의 길

한중과 관중, 이 두 지역은 폭이 120~130km의 진령 산맥으로 가로 놓여 있다. 그 양측의 한중은 한수 상류의 분지이며 촉의 북쪽 지붕이라고도 불린다. 북쪽의 관중은 함곡관 등의 관으로 둘러싸인 사천 평야로, 당시 위나라의 서부 최전선이었다.

한중과 관중은 깊은 협곡으로 이루어진 험도로 연결되고, 가는 길은 주로 다음의 네 곳이 있다.

(A) **자우도** —— 가장 동쪽의 길. 자우곡을 지나, 장안의 남쪽으로 나간다.

(B) **상격도** —— 상곡에서 격곡로 통하는 길

(C) **포사도** —— 포수와 사수의 계곡을 지나 (오장원의 동쪽)로 나가는 길

(D) **진식도** —— 한중에서 포수를 거슬러 올라가 도중에서 서쪽으로

비켜나 (협서성 보계시)로 나간다.

어느 곳도 잔도를 지나가는 위험한 길이다.

공명은 남벌에 성공하여 배후를 굳건히 한 후 위와의 대결, 즉 북벌을 결단하고, 성도를 출발하여 전진 기지인 한중으로 들어갔다.

작전 회의의 석상에서 위연은

"나에게 자우도(A)를 지나 곧바로 장안을 공격하게 해 주십시오. 조조의 사위인 하후존이 수비하고 있으나 병법에 우둔하여 겁낼 것은 없습니다."

위연은 유비의 촉 입성에 공적을 세워, 이후, 한중에 주둔하고 있던 무장이다.

그러나 공명은 이를 모험이라고 물리치고 서쪽에서 크게 우회하여 서부에서 관중으로 들어간다는 작전을 세웠다.

이것도 어려운 길이기는 하나 위연이 말하는 진령을 넘는 것보다는 평탄하며 위험도 적다.

결국, 공명은 그후의 6년간 5회에 걸친 북벌을 하고 있다, 그중 3회는 서부로부터의 우회 작전이었다.

그리고 마지막 가장 험난한 포사도를 택해 오장원으로 진출하여 거기서 싸우던 중 병사하고 만다.

82. 싸움 전, 중달이 미연에 방지한 공명의 계략

위와의 싸움을 열기에 앞서 공명은 주도 면밀한 준비를 진행시키고 있었다.

그 하나로 우선 촉에서 위로 모반한 무장을 재 모반하게 만든다는 모략이었다.

이 무장이란 용맹하기로 이름 높은 맹달이다.

맹달은 본시 익주 유장의 무장으로, 유비가 촉에 들어갔을 때 그 수하로 들어가, 형주에 주둔하고 있었다. 관우가 패배하려 할 때에도 맹달은 그 수군 요청에도 응하지 않았다. 그것은 맹달과 같이 형주에 주둔하고 있던 유비의 양자인 유봉과 사이가 나빠 그 원한에서 본의 아니게 촉을 배반하고 위에 항복했었다.

위의 문제(조비)는 맹달의 재능과 용기가 매우 마음에 들어 산기상시·건무장군에 임명한데 이어 평양정후에 봉하는 등 파격적인 대우를 했다.

그리고 신설되어진 신성군의 태수로 명하였다.

그런 이유로 위의 신하 중에는 그에게 불만을 가진 자도 있어 머지않아 문제가 죽고 명제(조예)의 대에 이르러 맹달은 신변의 불안을 느끼기 시작했다.

마침 그런 때에 공명으로부터 편지가 도달했다. 그것은 그의 배반을 책망하기는커녕 옛 정에 넘쳐 마음을 녹여 주는 문구였다.

맹달은 감동하여 그후부터 비밀리에 문서 주고받기를 계속하였다. 공명은 맹달이 촉으로 되돌아온 의지가 있음을 판단하고, 「절대로 비밀을 지키고, 연락을 기다리도록 하라」라고 써보냈다.

맹달이 태수로 있는 신성군은 위의 영지인 형주 북부에 있으며, 서쪽으로는 한중, 동으로는 양양과 맞닿아 있어 실로 위·촉·오가 국경을 접하는 요충지이다.

원래 촉이 위를 공격하는 데는 2개의 전선이 있었다. 하나는 한중에서 관중을 겨냥하는 서부전선이고, 또 하나는 형주의 북부를 공격하는 동부 전선이다. 관우는 동부전선을 치려고 하다 패했으나, 이번에 신성군을 지키는 맹달이 촉으로 재차 모반을 꾀한다면, 서부전선과 더불어 촉이 단번에 우위에 서게 된다. 북벌을 앞두고 공명은 물(潮) 때를 기다렸다.

그런데 이 계획을 신성군에 인접한 위홍군의 태수 신의가 낌새를 알아챘다. 급보를 받은 위의 명제는 완성에 주둔하던 사마중달에게 조사를 명했다.

사마중달은 즉각 행동을 개시했다.

맹달은 서둘러 한중의 공명에게 사태를 보고하고 구원을 청했으나, 때는 이미 늦어, 신성은 재빨리 공격해 온 사마중달의 부대에 포위되어 16일간 버티다가 함락당하였다. 맹달은 참형을 당하고 그 머리는 낙양으로 이송되어졌던 것이다.

공명은 구원의 요청을 받았을 때 이미 시간적으로 어떻게도 할 수

없는 상태였는지라, 이 편지를 읽고 공명은 땅을 치고 분해했다고
한다.

　양대 영웅의 제 1회전은, 직접 얼굴도 맞대지도 않았지만 사마중
달의 승리로 끝났던 것이다.

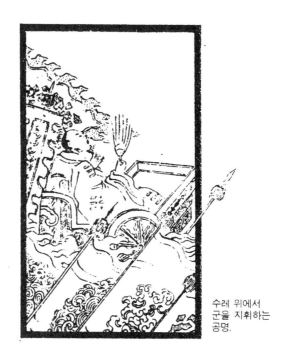

수레 위에서
군을 지휘하는
공명.

83. "출사표"의 내용과 공명의 생각

촉의 건흥 5년(227) 3월, 공명은 출진에 앞서, 2대 황제 유선에게 편지를 썼다. 유명한 「出師表」이다. 말할 것도 없이 「師」는 군대, 「表」는 군주에게 제출하는 문서이다. 이를테면 관청에 제출하는 문서 등도 포함한 「辭表」라는 단어에 그 흔적이 남아 있다.

공명의 「출사의 표」의 전반은, 젊은 황제를 설법하는 제왕학이다.

*

"선제는 창업의 완성을 못 보시고 붕어하시고, 지금 천하가 삼분된 채로, 우리 촉은 세력이 약화되고 있습니다, 바야흐로 위급 존망의 때 올시다."

"아무쪼록 신하들의 충언에 귀를 기울이시고, 선제의 유덕을 빛내시고, 신하들의 사기를 진작시키도록 노력해 주소서. 자신의 마음을 높이 가지시고, 경솔하지 않는 행동과 충의로운 간언을 물리치는 일이 있어서는 아니 됩니다."

"궁정과 정부는 하나올시다. 공죄의 평가에 어긋남이 없으시도록 공이든 죄이든 간에 담당관으로 하여금 논하게 하시고 폐하의 공정한 결단력을 보여 주십시오. 편애가 있어서는 아니 되옵니다."

"전한이 흥한 것은 현명한 신하를 가까이하고 소인배를 멀리하였기 때문입니다. 후한이 쇠망한 까닭은 소인배를 가까이하고 현명한 신하를 멀리한 까닭입니다. 선제께서 재임시 소신과 함께 늘 이 일을 논하기를 후한말, 환제·영제의 실정을 한탄하였습니다."

*

그리고 나서 공명은 신뢰할 만한 신하의 이름을 구체적으로 들어 익히 알 수 있도록 젊은 주인을 타이른 후 일전하여 자신의 지나간 일을 회상한다.

*

"저는 본시 무위 무관의 몸으로 남양군 하의 산촌에서 농경에 종사하고 출세 같은 것은 생각하지 않았습니다. 그런데 선제께서는 황공하옵게도 무릎을 낮추시고 저의 누추한 집에 몇 번이고 당면한 제 문제에 관해 하문해 주셨습니다. 저는 감격하여 분골 쇄신할 것을 맹세했습니다 이후 21년이 경과한 것입니다."

"지금이야말로 남방의 평정이 끝나고, 군비도 정비되었습니다. 전군을 이끄시고 북쪽의 중원을 평정할 때가 왔습니다."

"멀리 이별하게 되니 붓을 들면서도 눈물이 쏟아져 이 이상 올릴 말씀이 없습니다."

84. "泣斬馬謖"의 유래와 그 공죄

인정상 차마 못할 일이나 규율을 유지하기 위해 할 수 없이 처단하는 일을 두고 "울며 마속을 베다"라는 고사를 흔히 쓴다. 이 유래는 공명의 북벌 제1차 때의 일어났던 사건에서 생겨났다.

이 싸움에서 공명은 진령 산맥의 서단을 우회하여, 기산(감숙성 례현)으로 진출했다. 생각지 않은 공명의 진출에 롱서「감숙성 동남부」의 일대에는 혼란에 빠져, 남안·천수·안정의 삼군은 싸우지 않고 촉에 항복하고, 관중은 요동하였다.

공명은 전란가인 마속으로 하여금 선봉군을 지휘하게 하여 관중으로 진격시켰다. 마속은 실전의 경험은 없었으나 병법 이론에 통달하고, 두뇌의 회전도 빨라, 공명의 신임을 받고 있었다.

공명이 이번 북정 전에 남정하려 했을 때

"소수 민족은 무력이 아니고, 그들의 마음을 얻는 것이 중요합니다."라고 진언하여, 공명의 신임을 얻고 있었다.

실은 유비는 생전에 마속의 재능이 지나친 것을 경계하여, 공명에게 마속을 너무 중용하지 말도록 하였으나 공명은 그것을 받아들이지 않고 앞장서 달려갈 것을 명한 것이었다.

마속은 가정(감숙성 장랑현)으로 진출했다. 이곳은 롱우와 관중을 연결하는 요지이다.

그런데 마속은 자신의 병법을 과신한 나머지, 공명의 명령을 어기자, 부장 왕평으로부터 진언도 물리치는 오류를 범해, 산상에 진채를 내리고 말았다. 위군은 이를 포위하고 물길을 차단해 버렸다.

촉군은 마침내 버티지 못해 도망가기 시작하고 가정은 드디어 위군의 수중에 떨어졌다.

형세는 단번에 역전하여 삼군도 다시 위의 것이 되고, 공명은 한중으로 철퇴하고 제1차 북벌은 실패로 끝났다. 공명은 하는 수 없이 그의 책임을 추궁하고 처형했다. 마속은 죽음에 임해 공명의 은혜에 감사했다. 처형할 때 10만의 장병들은 모두 울었고, 공명 또한 눈물을 흘렸다 한다. 이때 마속의 나이 39세였다.

이것이 "공명, 울며 마속을 베다"의 유래인 것이다.

그런데, 이 조치에 대해 당시부터 찬반의 양론이 있었다.

후일, 한중을 방문한 장완(나중에 공명의 후계자)은 공명에게 이렇게 말했다.

"천하가 아직 안정하지 않았는데, 지모가를 처형한 것은 아깝지 않습니까?"

공명은 고뇌에 찬 표정으로 이렇게 대답했다.

"법을 소홀히 하고서 어찌 적에 이길 수가 있는가"

또 동진(4~5세기)의 역사학자 습착치는, 공명이 마속을 처형한 데 대해 이렇게 말하고 있다.

"공명이 천하를 통일하지 못한 것은 당연하다. 서남의 요지에 있는 촉에는, 중원의 촉보다도 훨씬 인재가 적다. 그럼에도 불구하고 범용한 인물을 등용하고, 모처럼의 인재를 죽이고서 대사를 성취하기는 힘든 것이다"라고.

공명은 유선에게 상주하여 자신의 책임을 들어 位를 3계급 내려줄 것을 요구했다 한다.

이론에 강하고 실전에서는 경험이 부족하여
중요한 전투에서 실수를 저지르고만 마속.
마속의 전략은 현실적으로 유연성이 부족하였다.
무한 삼국공원에 있는 마속상.

원정시에 대량의 식량을 싣고
갈수 있는 목우.
영안 백제성의 벽화.

85. 공명의 "공성계"에 춤춘 중달의 오산

자신의 힘이 상대에 못 미칠 때, 일부러 자신이 벌거숭이가 되어 힘을 감추고 있는 것 같이 보이고 상대를 경원시키는 작전, 이것을 "공성계(空城計)"라고 한다. 태도를 돌변하는 전술이다.

이것은 공명이 북벌에서 취한 작전으로 알려져 있다.

가정의 싸움에서 마속이 패하고, 촉군은 철퇴할 수밖에 없었다. 공명은 서역현으로 식량을 실어 나르려고 떠났으나, 사마중달의 대군 15만이 밀려온다는 급보가 전해졌다. 아군은 500의 수병뿐이었다.

공명은 갑옷 등의 작은 깃발을 모두 철거시키고 장병에게는 담당한 장소에서 움직이지 말고 꼼짝 말고 있도록 명하였다.

그리고 사방의 성문을 열고, 각각 20명의 병사에게 평범한 백성을 가장시킨 뒤, 마을 근처의 도로를 청소하고 있는 것처럼 보이게 했다.

그리고 나서 공명은 도사의 복장을 하고 노에 올라가, 향을 피우고, 두 명의 시동을 시립시켜서 거문고를 켜기 시작했다.

사마중달의 선봉군은 성하까지 왔으나, 이 해괴한 일을 중달에게 보고했다. 중달은 믿을 수가 없어 스스로 나가 보니 공명이 웃음을 띄우고 거문고를 켜고 있지 않은가. 게다가 성문은 열린 채로 백성들은 성 부근 도로를 청소하고 있었다.

이것은 필시 복병을 놓고 있음에 틀림없다.

이 이야기는『三國志』의 기술에 의해 유명해졌으나, 이 계를 쓴 것은 공명이 아닌, 전혀 딴 사람으로 별개의 싸움인 것이다.

역사서『三國志』에 주로 첨부된『趙雲別傳』에 의하면, 이 계를 쓴 것은 조운이다. 이번 싸움에서 그는 적에 패해, 수십 기만을 남기게 되었다. 그는 보루로 도망쳐서 소리를 죽이고 있었다. 복병이 있다고 착각한 적이 퇴거하려고 할 때에 조운은 화살을 퍼부어 여지없이 타파했다고 한다.

또 똑같이『三國志』의 주에 있는『魏略』이라는 책에는 이런 기록도 있다.

위의 무장 문빙은 지키고 있는 성을 오의 손권에게 공격당했으나, 공교롭게도 호우로 성벽이 무너지고 있었다. 문빙은 병사들 전원에게 모습을 감추도록 명했다. 쳐들어온 손권은, 성내가 조용한 것을 보고 무언가 계략이 있다고 생각하여 그대로 돌아갔다고 한다.

『三國志演義』의 저자는 놀라운 필력으로 이런 사서의 기록을 교묘하게 집어 넣어 공명을 주인공으로 해서 거문고까지 들고 나와 손에 땀을 쥐게 하는 이야기를 만들어 낸 것이다.

지금 협서성의 면현에 있는 무후사에, 돌로 만든 거문고가 있다. 물론 소리가 날 리는 없지만 이것이 공명의 "공성계에서 사용된 거문고라고 구전되고 있다. 누구도 곧이듣지 않지만 이것은 이것으로 유서 있는 보물이 되었으니 재미있다.

86. 공명이 유선에게 올린「나중 출사표」의 진위

　제1차 북벌로부터 수개 월밖에 되지 않은 촉의 진흥6년(228) 12월, 공명은 재빨리 제2차 북벌을 감행했다. 동부에서 위와 오의 분쟁이 일어났다고 전해졌기 때문이다. 이 기회를 놓칠 수는 없다.

　이 출전에 앞서 공명은 한중에서 성도의 유선 앞으로 다시 상소문을 썼다고 한다. 후세에「나중 출사표」라고 전해지는 바로 그것이다.

　이 내용은 위와 촉의 현상을 분석하고 지금이야말로 적극적 공세에 나서야 할 때라고 설명하고 있는데도 이것은 후세에 만들어진 위작이라고 하는 설이 유력하다.

　그 이유는 3가지가 있다.

　첫째, 이 원문이 대체로 사실에 가까운『三國志』의 본문에 나와 있지 않다는 것이다. 최근의「출사표」는 채록되어 있으므로 당연히 이것도 채록되어야 함에도 불구하고 소위「나중 출사표」는 후세에 덧붙여진『三國志』의 주석에만 기록되어 있다.

　둘째,「나중 출사표」중에는「조운 등을 잃었다」고 되어 있으나 당시 아직 조운은 생존해 있었다. 공명이 그런 것을 썼을 리라 만무하다. 후세의 위작자가 연대를 잘 조사하지 않고 썼을 가능성이 있다.

셋째, 공명의 것과 문장이 어딘가 모르게 다르다고 한다.

그러나, 「나중 출사표」의 마지막 한 구절은, 위조설을 지나, 고래의 유명한 글귀로 자주 인용된다.

— 국궁 진력하여 죽어서야 그치리라. 성패 이둔에 이르러는 신의 명이 능히 역도하는 바가 아니니.

이 중에서 특히 「죽어서 후에 그친다」란, 전력을 다해 최후까지 해낸다는 것의 형용으로 잘 쓰여왔다. 더욱이 「국궁」은 공손하게 몸을 굽힌다는 것이다. 여하간 해낼 수밖에 없다. 성공이냐, 아니냐는 2차 적인 문제다.

이 제2차 북벌은 진창도를 지나, 수만의 촉군은 공명의 지휘 아래, 진창(협서성 보계시)을 포위했다. 격심한 공방전이 계속되고 공명은 운제(수레가 달려서 자유로이 이동할 수 있는 큰 의자)나 형차(성문 돌파용의 수레) 등의 신병기를 출동시키고, 위군도 필사적으로 응전했다.

공명은 또, 높이 백 척(약 23미터)이나 되는 노를 짜서, 그 위에서부터 성내로 화살을 쏘아 부었다. 그랬더니 위군은 성벽의 내측에 또 벽을 축조하였다.

공명이 성내로 지하도를 파니, 위군은 성내에 깊은 도랑을 파서 방어했다.

이 공방은 1개월 가까이 계속되었으나 촉군은 식량이 얼마 남지 않아, 위의 원군이 온다는 정보도 있었으므로, 포위를 풀고 철퇴했다.

이리하여 제2차 북벌은 쌍방 호각의 고통 분담으로 끝이 난 것이다.

87. 제3차 북벌과 유선을 두 번이나 도와준 조운의 죽음

제2차 북벌이 끝난 지 수 개월 후, 공명은 숨돌릴 틈 없이 제3차 북벌을 했다.

이번에는 단숨에 먼 곳까지 진출한 종전의 전략을 전환하여, 가까운 곳으로부터 점령하여 기지를 굳혀간다는 작전을 취했다.

그 때문에, 무장인 진식에게 명하여, 익주 북부의 무도군(감숙성 성현, 군도는 하변)과 음평군(감숙성 문현, 군도는 음평)을 점령케 했다. 그리고 공명 자신은 대군을 이끌고 뒤따라가고 다시 진식과 호응하여 은밀하게 서쪽으로 진격하였다.

위는 옹주자사의 곽추가 나와 맞으며, 진식의 군대를 공격했다.

그때 돌연, 공명은 모습을 드러내 하변 서쪽 방향의 건위에 나타나, 이를 점령했다. 양동 작전이다.

몹시 놀란 곽회는 군을 퇴각시켰다.

공명은 무도·음평의 2군 공략에 성공하고는, 주둔군을 두어 지키게 하고, 다시 강족 등의 소수민족을 다독거린 후 한중을 철수했다. 이후, 이 2군은 정식으로 촉의 판도에 들어온 것이다.

공명은 정치가이며, 반드시 전략전술에 능하지 않다는 비판을 하는 고래의 논자도 있었으나 이번의 작전 등을 검증해 보면, 그 논평이 타당하지 않다는 것을 알 수 있다.

공명이 제3차 북벌에 성공한 건흥 7년(229), 조운은 병사했다. 조운은 관우·장비와 달리 도중에서 발탁된 인물로 그 성실한 인품으로 누구에게서나 존경받는 인물이었다.

그의 죽음을 각별히 슬퍼한 것은 촉의 2세 황제 유선이었다. 조운은 유선에게는 특별한 사람이었다.

유선은, 부친인 유비가 아직 유표의 객장으로 소일하고 있을 때 태어났다. 그리고 2살 때, 유비는 형주에 침입한 조조에게 쫓겨 당양장판의 싸움에서 유선은 생모(감부인)와 함께 부친을 놓치고 말아, 조운의 도움을 받는다.

또, 적벽대전 후, 손권의 누이 손부인이 유비에게 시집 와 유선의 양모가 되었으나, 유비가 익주를 손에 넣고 형주 반환에 응하지 않자, 손권은 누이를 오로 다시 데리고 왔다.

손부인은 그때, 8살이 되어 있던 유선을 교묘히 데리고 가려 하였다. 그것을 조운이 군선으로 장강을 막고, 다시 데리고 온 것이다. 즉, 유선은 두 번에 걸쳐 조운의 도움을 받았던 것이다.

조운의 사망 소식이 전해졌을 때, 23세의 유선은 소리 높여 울었다. 나중까지도 그는 조운을 잊을 수가 없어 조칙을 내려 조운에게 안평후를 추서하였다.

그 조서에 유선은, 「짐은 어릴 적부터 고난의 길을 걸어왔으나, 조운 덕택에 위기를 극복할 수가 있었다」고 쓰고 있다.

88. 숙명의 라이벌, 공명과 중달의 첫 대결

제3차 북벌에서 2년이 지난 촉 건흥 9년(231), 공명은 제4차 북벌을 단행한다.

이 2년간에는 여러 가지 사건이 있었다. 우선 촉으로서는 한중의 수비를 강화하기 위해 그 군도인 남정의 동과 서에 견고한 성을 구축한 것이다.

그 사이, 위는 역공 작전을 시도하고 조조의 조카인 조진이 자우도를 지나 한중에 쳐들어가려고 했으나 1개월 이상이나 장마가 계속하여 협곡이 넘치고 잔도도 무너졌기 때문에 이 작전은 불발로 끝났다.

그 이듬해 공명은 다시 기산으로 향해 출병하고, 제4차 북벌에 적극 나섰다. 이번의 작전에서는, 공명은 특히 이엄(「이평」으로 개명)을 중부 호서로 한중에 남기고, 식량과 물자를 전선에 에 보내는 임무를 주었다. 또, 자신이 고안한 「木牛」를 식량과 물자를 운반하는 도구로 채택했다. 상세한 것은 불분명하나, 이것은 목제로 만든 차로 상당량의 식량을 운반할 수 있었던 것 같다.

하여튼, 공명은 과거의 경험에서 식량운송에 만전의 비책을 취했던 것이다.

공명은 기산을 포위했다. 위는 이에 비해 조진이 병으로 쓰러졌기 때문에, 사마중달을 기용해 총사령관으로 삼았다. 중달은 대부대를 이끌고 장안을 출발하여, 기산을 향해 구원하러 달려갔다.

중달의 내습을 알게 된 공명은 정면 공격을 피해 상규(감숙성 천수시)를 공격하는 동시에 마을 부근의 보리들을 베어 버렸다.

중달도 싸움을 피해, 진채에 틀어박힌 채, 아무리 공명이 싸움을 걸어와도 나오지 않았다. 공명은 하는 수 없이 병사를 수습하여 로성(감숙성 감곡현)으로 철수하니, 중달은 추격해 왔으나 가까이 와 싸우려 들지 않았다.

이 신중한 작전에 위의 부장들로부터 불만이 터졌으므로, 중달은 버틸 수가 없게 되어 마침내 장합에게 명하여 기산의 남쪽을 공격하게 하고, 자신은 공명의 본대를 공격했다.

두 영웅 사이의 첫 대결은 공명의 승리로 끝나고, 위군은 장병 3000과, 갑옷 5000착, 노 3100장을 잃었다.

중달은 하는 수 없이 진지로 돌아와 다시 농성 태세로 들어갔다.

대치는 계속되어 유월이 되었다. 공명의 원정군은 식량 보급이 지탱하기 어려워 때마침, 한중에 남기고 온 이평으로부터 「식량 운송이 곤란하니 한중으로 철수하라」는 유선의 명령이 전해져 공명은 할 수 없이 철퇴했다.

실은 이 명령은, 식량 운송이 뜻대로 안되자, 이평이 꾸며낸 가짜 칙명이었으며, 후에 이평은 벼슬을 박탈당하고, 신중현(협서성)으로 유배되었다.

공명의 퇴각을 따라, 중달은 장합의 반대를 무릅쓰고 장합에게 추격을 명했으나, 그는 공명의 복병을 만나, 그때 장합은 사살된다.

이 작전에서 공명은 가일층 식량 문제의 중요성을 통감한 바 있었다.

무능안시의 계략을 쓴 사마의(중달)

89. 서두르는 공명, 참는 중달 — 오장원에서의 심리전

촉 건흥12년(234), 공명은 충분한 준비를 끝낸 후, 2년만에 북벌을 재개하니 이것이 제5차 정벌이다.

이번에는 포사도를 거쳐 오장원으로 나갔다. 험한 최단 코스이며, 식량 운송을 위해서도 안성맞춤이었다. 더욱이 공명은 오장원에 진을 치자마자, 동쪽을 흐르는 천안으로 개간하여 식량자급의 준비를 시작한다는 훌륭한 솜씨였다.

공명도 어언 54세, 당시로서는 결코 젊지는 않았다. 이번에야말로 오장원에서 장구하여 장안을 치지 않으면 안 된다. 그러기 위해서는 위하 평야를 장악할 수 있고 오장원은 최적의 기지이다.

그러나, 오장원과 위하를 나누어 남안에 진을 친 사마중달은 보루에 틀어박힌 채 쉽게 나오려고 하지는 않았다.

실은 이때 위에게는 용이하지 않은 사태가 일어나고 있었던 것이다. 동부 전선에서 오의 손권이 10만의 대군을 이끌고 합비(안휘성)를 공격한 것이다. 어디까지 연락이 긴밀했는 지의 고증은 없으나, 분명히 촉과 오가 동서 호응하여 위에 공세를 걸었던 것이다.

이에 대해, 위의 명제(조예)는 스스로 10만 대군을 이끌고 동부 전선, 즉 합비로 향하는 한편, 서부 전선의 중달에 대해서는 오장원에서 대치한 채로 적극적으로 싸우지 말도록 명을 내렸다.

원정군의 피곤함을 기다려서 공격하는 전법이다.

이렇게 대치를 계속하는 동안 동부에서는 오의 손권이 합비 공격에 실패하고, 그대로 퇴각하고 말았다. 그러나 위군은 서부에서 더욱 움직이려 들지 않았다.

안달이 난 공명은 적군의 중달에게 「부인의 의장」을 증정했다. 남아라면 나오라는 뜻이었다. 이런 모욕에 중국인은 민감하여, 극도로 반응하는 것이 상례이다. 그러나 그래도 중달은 움직이지 않았다. 그리고 출격을 재촉하는 부장들에게, 「그 정도라면 칙허를 얻자」고 했다. 중달의 진의를 알고 있던 명제는, 위위의 신비를 파견하여, 출격의 금지를 전달하고 서두르는 여러 장수를 달랬다.

정보에 의해 이것을 눈치챈 공명은, 그것이 명제와 중달과의 연극이란 것으로 헤아려 알고 있었다. 이렇게 되면 참는 도리밖에 없었다.

오장원과 중달의 진과의 사이에는 위하의 흐름이었다. 이곳으로 건너는 것은 어느 편에게도 위험하였다. 「손자의 병법」에, 「적이 개울을 미처 건너지 못한 때를 노려서 공격하라」는 1조에 있을 정도다. 그 때문에 양자는 꼼짝없이 대치하는 수밖에 별 도리가 없었다.

본래 중달은 신중하고 조심성이 많은 사람이었다. 당초부터 신중을 기하고 있었으나 여러 장수에게 밀려서 출격하여, 실패하고 있다. 그것이 특히 공명의 가일층의 신중함의 승리를 가져온 것이다.

90. 최후의 전장·오장원이란 어떤 곳인가

오장원은, 진령 산맥의 북쪽에서 사천 평야(위하 평야)로 향해 크게 나붙은 대지이다.

원래 진령 산맥이란, 무수한 산맥이 중복되어 되어진 것으로, 그 중에는 표고 3767미터 의 태백산과 같은 높은 산도 있고, 2000미터 이상인 산도 적지 않으나, 산들이 열을 지어 있는 것이 아니고, 종횡으로 포개져 있고, 그 사이로 무수한 계곡이 이 또한 종횡으로 나 있다.

크게 말하면, 황하 유역과 장강(양자강) 유역의 분수령에 해당하며, 평균 표고는 2천여 미터에 달한다.

그 기슭은 완만한 목가적인 것이 아니고, 특히 북측은 깎아 새운 듯한 절벽도 있는가 하면 토석이 흘러나온 듯한 황량한 대지도 있다.

오장원은 그런 대지의 하나인 것이다.

이 대지는 협서성 남부를 흐르는 위하의 남안에 해당하며, 서안시에서 서쪽 약 125킬로 떨어진 곳이다. 높이 120여 미터, 동서 2킬로, 남북 7킬로의 가늘고 길게 돌출한 육지의 곳이라고도 하면 될까. 동쪽 계곡에는 석두천이 흐르고, 이 끝에 사곡, 즉 포사도의 출구이다.

오장원은 중앙에 가늘게 처진 표주박 모양을 하고 있다. 그 처진 부분에 공명의 본진이 있었다고 한다(다음 항의 그림 참조). 공격하기는 어렵고, 수비하기에는 안성맞춤으로, 멀리 위하 평야의 적을 내려다보는 절호의 장소이다.

부근에는 옛 자취가 많고 동쪽 기슭에는 그 당시, 공명이 사병에게 농작물을 짓게 했다는 「孔明田」이 있다. 남측에는 상하의 샘이 있고, 위에 샘은 병사용, 밑의 샘은 말용이었다고 구전되고 있다.

다시 대지를 북쪽으로 내려와 위하 남안에 있다는 점진이라는 집락은 「위연성」이라 하며 이것은 『삼국지』 위연 전에 「위연은 공명의 본진에서 10리 떨어진 곳에 있었다」라는 기술과 일치한다.

북쪽 끝에는 당대의 창건이라고 하는 공명으로 모신 「무후사」가 서 있어 관광객이 끊이지 않는다.

촉의 잔도

91. 오장원에서 산화한 공명의 집념

양군의 대치는 3개월을 넘어섰다. 짧은 여름이 끝나려 하던 때였다.

공명은 여러 번 중달의 진채에 사자를 보내 도전장을 보냈다. 어느 날, 중달은 방문한 공명의 사자에게 아무렇지도 않게 물었다.

"재상은 안녕하시지요?"

"네, 승상께서는 아침 일찍부터 밤늦게까지 군무에 전념하고 계십니다. 여하튼 채찍질 20이상의 형벌은 친히 결재하고 계시니까요. 그런데도 식사는 아주 조금밖에 안 하십니다."

오장원「무후사」

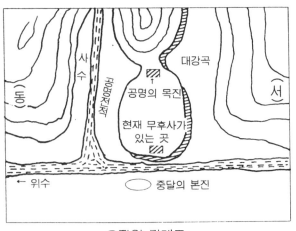

오장원 관계도

　사자는 무심결에 주인의 정만함을 자랑한 것이었으나 선견지명이 있는 중달은 공명의 과로를 알고 후에 측근에게 이렇게 말했다고 한다.

　"그래서는 몸이 지탱하지 못할 것이다. 공명의 목숨은 길지 않을 것이야."

　과연 공명은 어느덧 병들어, 중태에까지 이르게 되었다. 성도에서 유선의 특사가 달려왔다. 공명은 후계자로 장완을 추대하였다.

　『삼국지』제갈량전은 간략하게 「상대하기를 백여 일, 량, 질병을 얻어 (진중)에 졸하다. 때에 나이 54세」라고만 기록되어 있으나, 그의 죽음에 얽힌 갖가지 억측이 생겨났다. 그만한 인물의 그리 간단히 죽을 리가 없다. 그런 생각들이 모여 이러한 억측을 낳았다는 것이다.

　하나는 붉은 유성이 천공과 공명의 진채를 왕복하고, 세 번째는 되돌아오지 않았다고 한다. 이 이야기는 그의 사후 백년이 넘어서 나온 『진양추』라는 책에 있다고 한다. 지금 장원에 있는 무후사에는 그「별 조각」이라 하는 것이 벽에 박혀 있다.

또 하나의 유명한 구전은 "죽은 공명이 살아 있는 중달을 물리쳤다"라는 이야기이다. 촉군은 공명의 죽음을 감추고 그의 본상을 군상에 안치하고 퇴각했다. 추격해 온 중달은 이것을 보고 몹시 놀라 50여 리 정도 도망 와,「내 목이 붙어 있느냐」고 했다고 한다.

『삼국지』의 주에 의하면, 사마중달이 퇴각하는 촉군을 추격하여 간 즉, 후미군의 양의가 반격태세를 취했다. 거기서 중달은 깊이 쫓아가기를 참고 도망쳐 왔다. 그 지방 사람들이 이것을 "죽은 공명, 산 중달을 물리쳤다"고 떠들어댔다. 그것을 들은 중달은 씁쓸히 웃으며, 이렇게 말했다고 한다.

"살아 있으면, 어떻게든 계략을 걸 수 있으나, 죽은 상대니 어쩔 도리가 없다 ."

중달은 퇴각한 촉군의 진영을 시찰하고, 공명이야말로「천하의 귀재였다」고 했다고 한다. 이것은 사실로서 기록되어 있다.

어느 쪽이든간에 공명의 죽음은 요즘에 흔히 일어나는「과로사」였던 것이다.

92. 삼국지 최고의 인물 공명의 인품

공명은 "천하 삼분지계"에 밝힌 바와 같이, 뛰어난 전략가였다. 그러나 단순히 전술이라는 점에서는, 위의 조조·순욱은 물론, 오의 주유·여몽·육손 등 그에 못지 않은 사람은 많다. 중국에서는 공명은 천하 제1의 지모가로 여겨지고 있으나, 그것은 『삼국지연의』의 기술 덕분이기도 하며, 반드시 사실과는 일치하지 않는다.

그럼에도 불구하고 공명은, 「삼국지」하면 우선 떠올리는 인물로 되었다. 이것은 어째서일까.

첫째로 그 성실함이다.

그는 자신보다 훨씬 연장자인 유비가 젊은 자신을 인정하여 경의를 표해 감동하여 평생, 성실함을 유지했다. 유비의 아들인 유선은 범용한 군주였으나, 그는 유비와의 약속을 지켜, 보좌의 임무를 게을리 하지 않았다.

난세가 계속되는 중국에서는, 멍청히 사람을 신용할 수는 없었다. 그만큼 사람들은 공명의 생활 태도에 공감을 느꼈을 것이다.

공명 자신, 「무를 취하고 행함은 대신을 본으로 삼는다」(『삼국지』제갈량전주)라고 했다. 통솔의 기본은 신뢰 관계라는 것이다. 그는 불리를 알고도 전선이 병사의 교차를 약속대로 행했다. 병사와의 약속을 깨놓고서 명령을 지키게 하는 식 따위는 할 수 없다고 생각했던 것이다.

둘째로 깨끗한 몸가짐과 생활이 검소했다는 것이다.

공명은, 북벌에 임해 유선에 대해, "자신의 출진중의 생활은 일체 관에서 지급되니까 여분의 재산을 만들 필요는 없습니다"고 말하고 있었다.

공명의 영향으로, 촉의 관계는 청결한 기풍이 넘치고 있었다. 그의 후계자인 장완 등도 공명의 생전의 정한 방침을 충실히 답습했다. 촉의 정계가 안정되어 있던 것은, 그의 영향이었다고 전해진다.

셋째로 공명이 공정했다는 것이다. 그는 자신의 심복이었던 마속까지도 처형했다. 마속이 한하지 않고, 공명에게 처형당했거나 좌천되거나 한 사람들도 공명을 원망하고 있지 않다. 위조사 건으로 죄인이 된 이평(89항 참조)은 공명 서거 소식을 듣고, 슬픈 나머지 죽었다. 그는 공명이 살아 있는 한, 머지 않아 용서받을 것으로 믿고 있었으므로 절망한 나머지 병이 들어 죽은 것이다.

넷째로 그의 비극적인 죽음이다. 그는 유비의 유지를 이어, 북벌을 되풀이하고, 뜻을 다 이루지 못하고 중도에 쓰러졌다. 후세의 사람들은 오로지 무념을 자신의 것으로 여기고, 공명의 최후의 눈물을 뿌리는 것이다.

삼국 시대의 종말 —— 중원에 산화한 병사들의 꿈같은 이야기

조조·유비·공명 등을 잃어버린 후의 「삼국지」는, 갑자기 생기를 잃어버린다. 거기에는 화려한 드라마나 로맨스는 볼 수 없다. 우선 촉이 위에게 멸망하고, 위는 내부로부터 이양되어 진이 되고, 최후의 오가 진에게 멸망하여 삼국 시대는 종말을 고한다.

93. 사마중달의 「죽은 시늉」쿠데타

삼국 중 제일 먼저 멸망한 것은 촉이다. 263년, 촉은 위의 공격을 받아, 건국 이후 거의 40년만에 멸망했다.

그러나 그 위도 그로부터 불과 2년 후에 종말을 맞이한다. 단, 위는 외부로부터 공격당하지 않고 내부에서 점차 세력을 얻어온 사마씨에 의해 「선양」(75항 참조)이라는 형태로 「평화적」으로 이양되어, 진으로 변하는 것이다.

이 사마 씨가 태두하는 기초를 만든 것은, 저 오장원에서 공명과 대결하였던 사마중달(의)이다. 그는 본래 하남군 온현(하남성)의 명가 출신으로 공명보다 두 살 연장이다.

그는 소년 시대부터 총명하여 기대를 한 몸에 받았던 인물이었다. 그러나 재기가 넘치는 일은 없고, 만사에 다소곳하나, 그 대신 유사시에는 기민하게 행동했다. 공명의 북벌에 앞서, 위의 신성군 태수의 맹달은, 이것에 내응하는 움직임을 보였으나 중달은 재빠른 행동으로 이를 진압했다.

또한 오장원에서는 중달은 어떤 방법으로 공명으로부터 도전장을 받아도 치고 나가려 하지 않고 진득하게 참고 장기전으로 끌고 가 적이 피로해지는 것을 기다렸다.

중달은 자신의 생존의 방식에서도 이와 같은 생각을 했다. 즉 진득하게 참고서 정적을 무너뜨리고 사마 정권의 기초를 만들었던 것이다.

경초 3년(239), 위의 2대째 황실인 명제가 죽고, 사마중달과 조상이 유제의 보좌역이 되었다. 조상은 공신으로 조조의 조카에 해당하는 조진의 아들이다. 그는 부친 사망 후 승승 장구하여 대장군의 지위에 올라앉고 있었다.

조상은 이미 61세가 되어 있던 중달을 경원하고, 자파의 인물을 착착 요직에 임명했다. 그래서 조상은 완전히 실권을 장악하고, 사마의는 거의 실권을 박탈당하고는, 병을 구실로 하여 자택에 들어앉아 버렸다.

때마침 조상 그룹의 한 명인 이승이 지방으로 부임하게 되었으므로, 사마의의 집으로 인사 겸 상황을 엿보러 갔다.

사마의의 양쪽 곁에는 2명의 하녀가 붙어 있어서, 어깨로부터 옷이 흘러내리려고 하면 다시 입혔다.

사마의가 입 언저리를 가리켜, 「마실 것을 달라」고 하면, 하녀가 찻잔을 입가에 갖다 대는데, 그것도 마시지 못하고 입에서 흘러내렸다.

그 애처로운 모습에 이승은 자신도 모르게 눈물이 흘렀다. 더더욱 사마의는, 이승이 고하는 부임지를 듣고 몇 번이나 잘못 알고 엉뚱한 지명으로 말하는 것이었다.

이 보고를 받은 조상은 완전히 안심하고, 사마의에 대한 경계를 풀었다.

사마의는 때가 온 것을 알고 공모를 착착 진행시켰다.

그리하여 익년 정월, 조상이 천자의 명제능 참배에 수행하여 수도를 비운 사이 쿠데타를 결행하여, 수도의 실권을 장악해 버렸다. 무력한 척하고 상수를 안심시켜, 역전시키는 「죽은 시늉 쿠데타」인 것이다.

더 나아가 사마의는 조상 일파의 전횡을 탄핵하고, 그들이 모반을 획책하고 있었다는 구실로 체포, 극형에 처해 버렸다.

이리하여 사마의는 사마 씨에 의한 지배 체제를 완성한 후, 73세로 세상을 떠났다.

사마중달이 위를 탈취할 것을 생각하고 있었는지 어떤지는 모른다. 사마 씨의 진이 위로부터 「이양」을 받는 것은 중달의 사후 14년이 지난 후였다.

94. 위국을 탈취한 사마 씨 전래의 "숙시 전술"

위제국, 221년에 조조의 아들 조비가 제위에 오른 후, 25년에 5대째 황제인 조환(조조의 손자)이 사마염(사마중달의 손자)에게 정권을 이양할 때까지 44년간 계속한 것이 되나, 말기의 십수 년은 사마 씨가 정권을 주름잡고 그 결과 감이 익어서 떨어지는 것같이 위를 탈취한 것이다.

사마중달이 「죽은 시늉 쿠데타」에 성공하고 나서 세여 보니 햇수로 17년, 훌륭한 "숙시 전술"이었다.

그간, 사마 씨의 전횡에 대해 세 차례의 반란이 일어나고 있다. 첫 회는 중달의 재임 시대, 왕윤의 조카로 정동 장군 왕릉이 251년에 일으킨 반란이다. 중달은 교묘한 심리 작전으로 이것을 격멸하였다.

제2회는, 중달의 아들 사마사가 대장군이 되어 있던 시대이다. 어려서 즉위한 3대째 황제인 조방이 성장함에 따라, 꼭두각시 노릇에 속이 안 차 독자성을 발휘하기 시작했기 때문에 사마사는 강제로 그를 폐위하고, 조발을 즉위시켰다. 사마사의 권력 농간에 노한 진남 장군 매구검과 양주 자사인 문흠은, 255년, 각지에 격보를 알려 수춘성(안휘성 휘현)에서 반란을 일으켰다. 사마사는 스스로 토벌에 나섰으나 공세에 나가지 않고 상대의 자멸을 기다리는 작전에 의해 교묘하게 진압했다.

제3회는, 사마사의 뒤를 이어 아우인 사마소가 대장군이 되고 나서의 일이다.

257년, 정동 대장군인 제갈탄이 같은 수춘에서 결기하고, 오에 사자를 보내 원조를 요청하였다. 오는 3만의 원군을 파견했다. 또한 오에 망명하고 있던 문흠도 이에 합류한다. 사마소는 대군을 이끌고 수춘을 포위했다. 그때 일격에 공격하여 괴멸시켜야 된다는 의견이 있었지만 사마소는 이를 물리치고 말하기를

"수춘은 견고함에 더해 농성군의 병력도 많다. 공격해도 힘이 미치지 못할 우려가 있다. 그보다 포위를 엄중히 하고 진득하게 적이 자멸할 것을 기다리자."

마침 롱성군은 식량이 부족한데다 내분이 일어나, 십 개월만에 괴멸해 버렸다.

이렇게 해서 3대에 걸쳐 3회의 반란을 진압하니 어느 것도 싸우지 않고 이겨 사마家의 재주 덕분으로 승리한 것이었다.

그뿐 아니라, 이들의 반란을 진압할 때 사마 씨의 실권은 점점 더 강대한 것이 되어갔던 것이었다.

사마소는 촉을 항복시킨 공적에 의해 상국이 되어 진공에 봉해지고, 264년에는 진왕에 봉해지기까지 되었다. 다시금 그 다음 해에는, 일체의 의제를 천자와 동등하게 할 것을 허락 받았다. 사마소는 양위를 눈앞에 두고 급사하는데, 위의 오대 목황제 조환은 사마소의 뒤를 이은 아들인 사마염에게 마침내 정권을 이양하게 된다. 바로

진의 건국인 것이다.

이리하여 선양에 의해 건국한 위는, 선양에 의해 멸망한 것이다.

천하통일을 이루는 순간의 사마염 (진제).
그의 앞에 부복하며 절을 올리는 촉주 유선과
오주 손호.

95. 망국의 군주 유선은 누구인가

263년, 위는 촉을 치려고 동서의 양 전선으로부터 대군을 남하시켰다. 동부전선에서는 촉의 용장 강유가 검각의 험난함에 의지하여 완강히 저항했으나, 서부 전선에서는 형편없이 패퇴하여 공명의 아들 제갈첨도 전사하고, 위군은 수도 성도로 쇄도했다.

2대째 황제인 유선은 맥없이 항복하고, 일족이 모두 위의 수도 낙양으로 보내졌다. 위는 유선을 죽이지 않고 안락 현공의 칭호와 일만 호의 식읍을 주었다.

어느 날, 위의 상국 사마소가 유선을 위한 잔치를 베풀고 춤추는 소녀에게 촉의 춤을 추게 했다. 유선의 측근들은 모두 가슴이 벅차올랐다. 그러나 유선은 기뻐서 웃으며 구경하고 있었다.

사마소는 기가 막혀, 배석하고 있던 비서인 고충에게 속삭였다.

"유선은 멍청이라고 들어왔으나, 이 정도일 줄은 몰랐다. 이래가지고는 공명이 살아 있다고 해도 보좌할 수 없겠는 걸」"

고충은 말했다. "아니, 이러니까 쉽사리 촉을 항복시킨 것입니다."

또 어느 때, 사마소가 유선에게 물었다.

"분명 촉이 무척이나 그리우시겠지요."

유선은 천연덕스럽게 대답했다.

"아니, 퇴위하고 나서는 즐겁습니다. 촉의 일 따위는 생각이 안 납니다."

극정이라는 유선의 측근이 후에 그를 타일렀다.

"그런 때는 눈물을 흘리며 선조의 묘를 생각하여 하루라도 잊은 적이 없습니다 라고 대답하는 거랍니다."

그후, 사마소가 또다시 같은 것을 물은 즉, 유선은 극정에게 배운 대로 대답했다. "조금전 극정에게 물은 즉 같은 것을 말하고 있었습니다만"

사마소가 그것에 말하니, 유선은 대답했다. "그렇습니다. 나는 극정의 말을 받아 옮긴 것입니다" 같이 앉아 있던 사람들은 모두 웃고 말았다.

이러한 일화에서, 유선은 「바보 상전」의 견본이 되고, 그의 아명인 「아두」는 얼간이의 명사로 삼았을 정도이다.

그러나, 유선은 정말 「바보 상전」이었을까. 분명, 애국자들이 위에 저항하여 목숨을 걸고 싸웠는데, 그가 쉽사리 항복하고 만 것은 비난받아 마땅할 지도 모른다. 그러나 성도에서 저항하고, 농성전이 계속되고 있었다면, 비참한 경우에 처해 있던 것은 많은 민중이다. 그는 그런 참상을 피하려 애쓴 것이 아니었을까.

사마소와의 주고받기 대화는 상대를 경계시키지 않기 위한 달인의 처사라고도 생각할 수 있다. 다시 그의 재위 기간은 40년이나 되고, 삼국의 군주 중 최장 기록을 가진다. 불완전하나마 이럭저럭 이만큼 지탱한 것은, 보통의 인물은 아니지 않았을까.

96. 후계자 경쟁을 격화시킨 손권의 어리석음

오의 손권은 형의 사후, 19세로 강남의 지반을 인계하고, 조조의 중압에 대항하기 위해 유비와 제휴하고 혹은 조조에게 굴하는 의태를 취하는 등 하여 강남의 경영에 힘쓰고, 굳건히 다졌다. 그리고 나서 49세 때에 제위에 올라, 71세로 세상을 뜨기까지 오의 황제로써 군림하였다.

손권은 황제가 되기 이전의 연수를 합하면 실로 53년간이나, 강남에 군림한 것이 된다. 그는 인재를 잘 등용하고 정치적 결단과 실행력에도 뛰어나, 실로 명군이라고 일컬어지기에 합당한 존재였다.

그러나, 만년의 거의 10년간은, 부친으로서의 감정에 흘러 후계자 문제의 처리를 잘못해 오의 정치를 혼란에 빠트렸을 뿐 아니라, 골육 상쟁을 일으킨다는 지옥의 고통을 맛보지 않으면 안되었다.

이것은 오를 위해서도 애석한 일이다.

오의 태자로는 원래 장남인 손등이 결정되어 있었으나 242년, 그가 죽음으로 인해 분규가 시작되는 것이다.

손등이 죽은 후, 손권은 왕부인과의 사이에서 얻은 손화를 태자로 삼았다. 그러나 이와 동시에 그의 동생으로 아직 어린 손패에게도 태자와 동등한 대우를 주어, 노왕에 봉했다.

즉각적으로 형제의 의사와는 별도로 그 주변인물에 의한 두 개의 파벌—태자파와 노왕파가 생겨 양자의 치열한 항쟁이 일어나는 양상을 띄우게 된 것이다.

먼저 이릉의 싸움에서 유비에게 고배를 맛보게 한 공신인 육손은, 정통한 태자를 바꿔서는 안 된다는 의견서를 수시로 손권에게 제출했다. 노왕파는 여기에 반발하여 역으로 육손의 「죄상」을 날조하여 손권에게 제출했다.

애초에 육손을 신뢰해 마지않았던 손권이었으나, 노왕이 귀여운 나머지 판단력을 잃고 형주에 있는 육손에게 죄를 묻는 사자를 보냈다. 육손은 분한 나머지 화병으로 사망하였다. 후에 손권은 육손의 무죄를 알고 후회한다.

더욱이 만년을 맞은 손권은 번부인을 총애하고, 그녀의 배에서 난 손량을 총애했다.

그리고 250년, 드디어 태자 화를 폐하고, 노왕파에는 죽음을 내리고 대신 8살의 량을 태자로 삼았다.

70세를 넘은 손권은 이것으로 기력도 체력도 다 써 버린 듯 하늘에 제사를 드리기 위해 수도의 남방으로 행차했을 때, 감기에 걸린 손권은, 마침내 영화로웠던 생애의 막을 내린 것이다.

명군이라고 일컬어지던 군주가 만년, 딴사람같이 되어버리는 예는 많지만, 손권도 그 중의 한 사람이었던 것이다.

97. 「마지막 황제」손호는 남을 만한 주정뱅이

오는 2대째 황제인 량이 요절한 후, 형인 손휴가 3대째로 즉위 (경제)하지만 이도 요절하고, 한때 후계 싸움을 벌였던 손화의 아들인 손호가 제 4대 황제가 된다.

그의 통치는 그래도 16년 계속했으나 이것이 대단한 인물로 이색 인물이 많은 중국사 중에서도 드문 주정뱅이 황제였던 것이다.

당시의 술은 지금보다 훨씬 알코올 농도가 낮았으므로 알코올 탓이라고 하기보다는 권력 중독이 알코올의 힘으로 농축되었다고 보아야 옳다.

『삼국지』 오서·삼사자 전에 의하면, 「호, 군신으로 연회할 때마다, 거의 모두 만취시키지 않은 적이 없다」, 즉 전원이 만취될 때까지 강제적으로 마시게 했다는 것이다. 이것은 자기만이 고주망태가 되는 술주정뱅이보다 더한 것이다. 못 마시는 사람들까지 강요하는 경우는 흔히 있지만 그것을 권력을 동원해 강제적으로 시키니 못할 노릇인 것이다.

그뿐 아니라 이 황제는, 연석 뒤에 술이 취하지 않은(맨얼굴의) 10인으로 하여금 모시고 있게 하고 신하들이 취하여 지껄이거나 추태를 연출한 것을 기록시켜, 잔치가 끝난 뒤에 보고토록 했다.

그리하여 사소한 일까지 치켜들어 처벌했다고 하니 가혹하다. 긴장하면서 취하고 취하면서 긴장하는 것은 차라리 고문과 같은 것이다.

그뿐이 아니다. 이 황제는 다분히 새디스트였던 것 같다. 후궁으로는 수천 명의 미녀가 있었는데도 그것만으로도 속이 안 차, 연속 새 여인들을 징발시켜서 후궁으로 증원했다. 그리고는 궁전 속에 급류를 만들어, 자기 뜻에 따르지 않는 여인들을 죽이고는 던져 넣었다.

머리 가죽을 벗기거나, 눈알을 빼버리는 일도 있었다고 한다.

포악함으로 이름 높은 고대 중국의 제왕으로는, 하의 걸왕이나 은의 주왕이 있으며, 상당한 잔학적 행위나 「주지 육림」 등의 고사가 『사기』에 전해 오고 있으나 그들의 경우에는 다음 왕조를 정통화하기 위해 말을 지어낸 흔적이 있다.

그러나, 『삼국지』의 경우는 거기까지 갈 필요는 없고, 이 새디스트 황제의 기록은 어느 정도 사실이었다고 사려된다.

그뿐만이 아니라 그는 비위 맞추는 재주밖에 없는 내관 잠혼을 총애해서 대신으로까지 등용하고, 또한 역으로 강화하여 백성을 괴롭혔다.

민중의 지지를 잃은 정권은 약한 것이다.

275년, 선양에 의해 제위에 오른 진의 무제(사마염)는, 20만의 대군을 대거 남하시켜 오의 공략에 나섰다.

주력은 장강을 내려가 수도 건업(남경시)을 목표로 했다.

역시 오군도 저항은 하였으나, 차차 방위선은 무너지고 얼마 안 있어 오는 붕괴되어 버렸다.

항복한 손호는 낙양으로 연행되었으나, 귀명후로 봉해지고 3년 후에 죽었다. 그를 처형하지 않은 것에 대해 다른 시각으로 보는 후세의 역사가도 있다.

이리하여 오는 마침내 멸망하고 드디어 삼국 시대는 종지부를 찍게 되었다.

지금의 형주시 풍경. 옛 성문과 석상돌이
삼국시대의 영웅들의 활약상을 잘 대변해 주고 있다.

한 권으로 읽는 삼국지

2017년 10월 11일 인쇄
2017년 10월 15일 발행

지은이: 常一諾
옮긴이: 유 혜 순
펴낸인: 김 용 성
펴낸곳: 지성문화사
등 록: 제5-14호(1976.10.21)
주 소: 서울 동대문구 신설동 117-8예일빌딩
전 화: 02)2236-0654, 2233-5554
팩 스: 02)2236-2953, 2236-0655

정가 13,000원